Rotfuchs

NILS MOHL

ENGEL DER LETZTEN NACHT

ROMAN

Rotfuchs

Erschienen bei Rotfuchs,
einem Imprint von Fischer Sauerländer

© 2025, Fischer Sauerländer GmbH,
Hedderichstraße 114, 60596 Frankfurt am Main
Die Nutzung unserer Werke für Text- und Data-Mining
im Sinne von § 44b UrhG behalten wir uns explizit vor.

Auf Seite 105 wird ein bekanntes Bild thematisiert. Die bibliographische Angabe des Originals lautet: NASA/JPL-Caltech (1990). «Pale Blue Dot». Aufgenommen von Voyager 1 am 14. Februar 1990.

Auf Seite 167 taucht ein Gedanke des Theologen Carl Westermann im Text auf: «Der Engel kommt ins Sein mit seinem Auftrag, er vergeht mit der Erfüllung seines Auftrags, denn seine Existenz ist Botschaft.» Das Zitat stammt aus Westermanns Buch: «Gottes Engel brauchen keine Flügel. Was die Bibel von den Engeln erzählt». Kreuz-Verlag, Stuttgart 1957; Neuauflage 1989.

Umschlaggestaltung: Cordula Schmidt Design,
unter Verwendung einer Illustration von Brozilla
Satz: Dörlemann Satz, Lemförde
Druck und Bindung: CPI books GmbH, Leck
ISBN 978-3-7571-0192-3

Kontaktadresse nach EU-Produktsicherheitsverordnung:
produktsicherheit@fischer-sauerlaender.de

Für dies eine Leben, das nie genug ist ...

~~I hate the world. I want revenge.~~
~~HOMER SIMPSON~~

~~Ich ziehe die Tür hinter mir zu und trete ins Freie.~~
~~MORITZ STIEFEL~~

I'll die happy tonight.
LANA DEL REY

LIEBE
&
DUNKELHEIT

LIEBE

und uns allen fehlt es an Liebe. Ja, aber um es gleich zu sagen: Das ist es nicht.

DUNKELHEIT

Während ich auf der Autobahn allein durch die Dunkelheit rase und immer öfter auf die Tankanzeige blicke, denke ich trotzdem komischerweise genau darüber nach, über die Sache mit der Liebe. Die ganze Zeit geht es mehr oder weniger stumpf geradeaus, und im Kopf geistert mir lauter Blödsinn herum. Auch über Blanka denke ich viel nach.

Kein Wunder, am Rückspiegel hängt ihre rote Retro-Sonnenbrille.

Es ist ihr Auto.

Die Sonnenbrille habe ich vorhin schon einmal kurz aufprobiert, aber der Tag hat sich bereits vor einer Weile verabschiedet. Dazu leistet sich gerade das Wetter einen kleinen Hänger. Einzelne Regensprenkel fallen durch das Licht der Scheinwerfer. Wie Kratzer auf einem Bildschirm.

Warmer, leichter Sommerregen.

Autofahren gehört ja nicht unbedingt zu den intensivsten Erlebnissen der Welt. Schon gar nicht mit Automatikgetriebe. Selbst für jemanden ohne Führerschein hält sich der Spaß in Grenzen. Gestrichelte Spurmarkierungen wischen durchs Sichtfeld, in ewig gleichem Rhythmus. Ab und zu kommt mal eine Ausfahrt. Wer da den Blinker setzt, landet

in Provinznestern, wo der Bär selbst dann nicht steppt, wenn man ihn schubst. Käffer dieser Sorte kenne ich, kenne ich nur zu gut. Ich hoffe darauf, bald die Lichter der Großstadt zu sehen. Dummerweise ist es noch ein Stück.
Abwechslung wäre schön.
Ablenkung auch.
Ich kann mich aber nicht dazu durchringen, Blanka anzurufen. Erscheint mir theatralisch. Und den Druck will ich ihr nicht machen.
Mit den anderen unseres Abiturjahrgangs feiert sie weiter am Meer. Dass sie mir am Feuer den Schlüssel zum Wagen überlassen hat, wird sie sich im Nachhinein womöglich vorwerfen. Das Dilemma ist, wenn ich mich deswegen jetzt bei ihr melde, hat sie später vermutlich Schuldgefühle wegen des Gesprächs. Ich könnte ihr natürlich versichern, dass das der allergrößte Blödsinn überhaupt wäre, wenn sie sich meinetwegen oder vielleicht wegen dem, was passiert, verantwortlich fühlen würde.
Besser, ich rede nicht noch mal mit ihr. Freundschaft hin oder her: Richtig verstehen kann dich ja doch keiner, vielleicht nicht mal du dich selbst.
Davon abgesehen: Es gibt akutere Probleme.
Der Balken neben dem Zapfsäulensymbol steht inzwischen praktisch schon auf unter Null, darum halte ich auch seit Kilometern die Augen offen. Andere möchte ich nicht mit hineinziehen. In die Leitplanke zu rasen, wäre deshalb sicherlich keine besonders brillante Idee, überlege ich und wünsche mir beim Weiterüberlegen spontan so einen Knopf wie am Radio, einen zum Abstellen der Stimme da oben, die einfach keine Ruhe geben will.
Dann kommt eine Baustelle.

Dicht hinter mir fährt niemand.

Das Lenkrad reiße ich nach rechts. Ich niete eine dieser rot-weißen Warnbaken mit den orangefarbenen Leuchten obendrauf um, die Reifen singen im spitzen Ton, während sie über den Seitenstreifen schnellen, dann pflügen sie durch einen Kiesstreifen, bevor die Böschung kommt und die Welt in den Schleudergang gerät.

Hell ausgeleuchtet fliegt mir die Dunkelheit entgegen.

Wird sich jemand fragen, ob es mir an Liebe gefehlt hat? Das schießt mir in den Sinn. Begleitet von einem Gefühl der Schwerelosigkeit. Ein Zeitlupenmoment, still wie ein Wimpernschlag, endlos gedehnt und plötzlich vorbei.

Der Krach von sich verformendem Blech und berstenden Plastikteilen. Ein eigenartiger Geruch liegt in der Luft, süß und metallisch, ein Gemisch aus Gummi, Chemikalien und aufgewirbeltem Schotter.

Und das ist es dann auch schon gewesen.

So?!

So.
Warum denn nicht?
Das letzte Kapitel wird irgendwann geschrieben sein.
Meins.
Deins.
Seins.
Ihrs.
Unser aller.

... oder doch nicht so?

Vorstellbar wäre auch das, natürlich. Wer kennt sie nicht, die Bilder? Nächtliche Unfallstelle, kreisendes Blaulicht. Absperrband flattert im Wind. Silhouetten von gestikulierenden Polizisten. Sie sichern Trümmerteile, sie leiten den sich stauenden Verkehr um. Ein Rettungswagen fährt weg, beschleunigt auf der linken Spur, verschwindet mit Sirenengeheul in der Ferne. Am Rande des Geschehens hebt eine Lokalreporterin ein Mikrofon, spricht in die Kamera, ihr Gesicht eine starre Maske: «Es ist eine gespenstische Szenerie, als hätte die Nacht selbst den Atem angehalten. Der offenbar minderjährige Fahrer muss einen Schutzengel gehabt haben.» Zoom aufs Auto. Ein geborstener Kotflügel ragt wie ein gebrochenes Bein aus dem Wrack, ein zerfetzter Reifen hängt von der Felge, die Karosserie ist verformt, als hätte sie versucht, sich in einem letzten Krampfanfall noch gegen das Unvermeidliche zu wehren. «Nach Angaben der Feuerwehr scheint der Verunglückte nahezu unverletzt, wird aber mit einem Schock zur Beobachtung in ein Krankenhaus gebracht ...» Schwenk. Extreme Großaufnahme von einem weißen Schriftzug. Trotz netzförmiger Risse auf der Heckscheibe sind die Reste eines Aufklebers leicht zu entziffern: ABI 202... Spätestens an der Stelle wird das Publi-

kum vor den Bildschirmen sich seinen Teil denken. Alkohol. Betäubungsmittel. Einer dieser lebensmüden Volltrottel im Geschwindigkeitsrausch. Einfach nur Sott, dass der Typ aus der Nummer noch mal heil herausgekommen ist. Mannmann, immer mehr Glück als Verstand, diese jungen Leute, wirklich, unverschämtes Glück. Was für ein Happy End! – Und so gut eine solche Geschichte ja tatsächlich vorstellbar wäre: Die Spekulationen zu den Hintergründen wären in diesem Fall schon mal grundfalsch. Und von wegen Happy End: Wenn die vor den Bildschirmen wüssten. Wenn die wüssten.

Also, noch mal von vorn …

DIE LETZTE NACHT

(VOLKSFEST-VERSION)

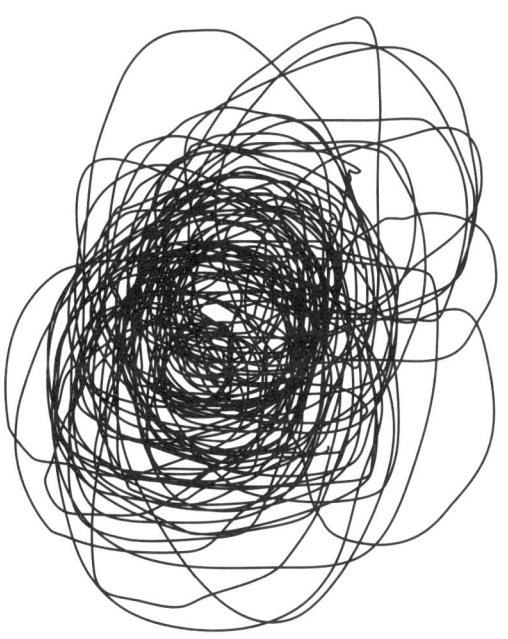

AUTOSCHLÜSSEL

Im Hintergrund rauscht das Meer. Der Wind trägt außerdem Fetzen von Musik und schrillem Gejohle landeinwärts. Am Strand schaukeln sich die Teilnehmer und Zuschauer eines Trinkspiels gegenseitig hoch, Jungs wie Mädchen. Ich sehe im Dämmerlicht dieses Juliabends, wie sie sich abklatschen, wie sie sich ständig anfassen müssen und umarmen, als würden sie befürchten, dass sich ihre Nebenleute ohne die ganzen Berührungen im nächsten Moment einfach in Luft auflösen könnten.

Wir sitzen ein Stück abseits in kleiner Gruppe am Lagerfeuer.

Die Flammen werfen tanzende Schatten auf die Gesichter. Funkengaben sprühen in den Himmel. Ich kann die Wärme auf meinen Wangen spüren.

«Weißt du was, Kester? Ich hätte auch Lust, mich umzubringen», sagt Lukas und schaut mich fest an, «für eine Stunde oder einen Tag zumindest, um zu sehen, was passiert. Das wäre amüsant. Aber für ein und alle Mal?»

Lukas, der Pausenhofphilosoph mit den charmanten Sprachmarotten und dem Filmstarlächeln. Er hat Vokabeln wie «peilo» bei uns in Umlauf gebracht und scheinbar mehr Zähne im Mund als andere Menschen. Alle gerade wie Blockschrift und weiß wie Papier.

«Sensibles Thema», sagt Cleo mit ihren zahllosen Piercings im Gesicht und der pechschwarzen Plastikfigurenfrisur. Sie schielt zu Blanka.

Der dicke Armin nickt, greift in eine knisternde Tüte, schiebt sich einen Schwung Erdnussflips in den Mund: «Jo», sagt er, «morbid.» Krümel rieseln. Er besitzt nicht den allergrößten aktiven Wortschatz der Welt und einen noch geringeren Mitteilungsdrang. Insofern: ein beachtlicher Beitrag.

Blanka holt tief Luft.

Sie hat die Arme um ihre Knie geschlungen. «Ich hasse das», sagt sie, «dieses Getue. Das wisst ihr doch. ‹Sensibles Thema, sensibles Thema.› Das ist wie Witze erklären. Nein, schlimmer, das ist, wie einen Witz zum Besten geben und dann sagen, dass Witze lustig sind.»

Wir diskutieren schon eine ganze Weile, ob sich die Sehnsucht nach der Nacht der Nächte erfüllen kann. Und wenn ja, wie. Wer die ultimative Feier feiern will, wer die totale Ekstase erträumt, muss bereit sein, sich einmal vollständig zu verlieren. Soweit sind sich alle einig.

Rein logisch darf es danach keinen Morgen mehr geben. Wer darauf aus ist, die intensivste Lebenserfahrung zu machen, muss bereit sein, wirklich aufs Ganze zu gehen. Die Nacht der Nächte kann nur eine sein: die letzte Nacht.

Punkt.

Darauf würde ich meine Seele verwetten, wenn ich eine besitzen sollte, habe ich vorhin zu Protokoll gegeben. «Machen wir doch ernst», sage ich jetzt, «und zwar am besten noch heute, ich wäre bereit.» Kurze Pause. «Ich habe immer alles richtig gemacht. Warum nicht das? Aus der Welt gerissen werden. Erst so, dann so. Ein Rausch, ein Abgang.»

Lukas gafft mich an wie einen Breakdancer, der über seine eigenen Füße gestolpert ist: «Sonnenstich, Kester?»

Armin stimmt zu, für seine Verhältnisse fast überausführlich: «Angehörige killt das, das checkt kein Mensch auf Erden.» Er wirft Flips nach.

«Ja, das ist einfach nur destruktiv», sagt Cleo, «Leben, ich meine, wirklich intensives Leben, heißt gestalten, nicht zerstören. Jedenfalls in meiner Welt.»

Das ist süß, keine Frage. Ob Gestaltung oder Zerstörung – Intensität steckt letztlich doch in beidem. Mir kommen diese beiden Handlungsoptionen vor wie die Pole desselben Spektrums. «Und endet Leben nicht auch immer in der Zerstörung?», frage ich, «in der Auslöschung des vorher Gestalteten?»

«Die Intensität im Zerstören suchen», hakt Lukas nach und räuspert sich ein bisschen wichtigtuerisch, «ist es das, was du willst?»

Drüben am Strand hebt ein Typ mit nacktem Oberkörper gerade die Arme, wankt leicht. «Noch einen!», ruft er, und die Menge wiederholt seine Forderung. «Noch einen! Noch einen!»

Cleo fummelt an einem ihrer Augenbrauenringe herum: «Eltern. Freunde. Deine Schwester. Die sind dir alle egal?»

«Habe ich nicht behauptet», sage ich, «trotzdem wüsste ich keinen guten Grund, warum wir nahen Menschen überhaupt etwas schuldig sein sollten.»

Lukas runzelt die Stirn. Es brodelt in ihm, das merke ich: «Gut, Kester, spielen wir es durch. Und fangen wir mit dem Ende an. Wie würdest du es tun? Wie wird's gemacht? Einen fahrenden Zug küssen? Zunge in die Steckdose? Haare in der Badewanne föhnen? In den Zoo einbrechen und im Tigergehege Krawall machen?»

«Zunge in die Steckdose? Geht das?»

«Badewanne, Rasierklinge», wirft Armin ein.

«Vor den Zug werfen fand ich schon immer daneben», sage ich, «selbst wenn du einen psychischen Knacks hat, wieso bitte musst du Fremde unbedingt mit hineinziehen? Lokführer ist ja, selbst für die Dullis, die das im Kindergarten mal geglaubt haben, wahrscheinlich sowieso nicht der geilste Job der Welt, oder? Da brauchst du nun wirklich keine Traumatherapie unverschuldet obendrauf. Meine Meinung.»

Blanka atmet geräuschvoll aus.

Dann wirft sie mir den Autoschlüssel zu: «Verkehrsunfall. Ein Klassiker.»

Ich weiß nicht genau, ob sie das tut, weil sie sauer auf mich ist. Möglich. Warum auch sonst beteiligt sie sich praktisch gar nicht an der Diskussion? Vielleicht erwartet sie, dass ich den Schlüssel sofort zurückwerfe.

«Zur Not tut es ja auch eine gute Plastiktüte, oder?», nuschle ich, «übern Kopf ziehen und zuknoten.»

«Keine Ahnung», sagt Lukas, «das Gespräch fängt an, mich zu nerven. Und trotzdem wünsche ich dir noch ein langes Leben, Kester. Bring dich besser nicht um. Du und deine verrückten Einfälle würden mir echt fehlen.»

In mir prickelt kurz eine fast grimmige Wärme. «Das war kein Witz, für mich zumindest nicht», sage ich. «Euch passt es nur nicht, solche Dinge mal ganz sachlich zu betrachten.»

Blankas Finger graben sich in den Sand: «Wer bist du nur? Weißt du es noch? Ich weiß es nicht mehr.»

Was soll man darauf antworten?

Ich sehe Funken, die in die Höhe schießen, sehe, wie sie verglühen, noch bevor sie den Himmel erreichen. «Ich war immer der, der euch ziemlich oft hat gut aussehen lassen. Aber hat euch das interessiert? Was interessiert es euch jetzt auf einmal?»
Darauf haben sie keine Antwort.

FOTOSTREIFEN

Eine einsame Laterne an einem Holzmast beleuchtet den schmalen Pfad vom Campingplatz zur Wiese mit den geparkten Autos. Der Sand knirscht leise unter meinen Schuhen. Eine sanfte Brise vom Meer lässt Gräser und Büschel rascheln. Ich schaue mich um, versuche, die Umrisse von Blankas Wagen in dem schummrigen Licht auszumachen. Die Autos stehen unregelmäßig verteilt, wie nach einem chaotischen Tanz, der abrupt geendet ist.

Beim Aufziehen der Fahrertür blicke ich noch einmal zurück Richtung Zelte und Dünen. Kann Einbildung sein, aber in der Ferne meine ich am Himmel den Widerschein des Lagerfeuers zu erahnen. Ein paar Stimmfetzen höre ich, unverständliches Zeug. Der gedämpfte Klang der Bässe schwingt dazu über das Gelände wie das Echo von aufgezeichneten Herzgeräuschen.

Keiner ist mir hinterhergerannt. Niemand versucht, mich zurückzuhalten. Verblüfft mich nicht. Ich habe noch ein Weilchen friedlich mit am Strand gesessen und bin eben ohne großes Trara abgehauen, als unser Grüppchen sowieso anfing, sich zu zerstreuen.

Ich mache ihnen keinen Vorwurf. Hierher, an diesen abgeschiedenen Ort, haben sie sich ja schließlich auch nicht begeben, um durch mich in ihrer Ausgelassenheit gestört zu werden.

Das Abhauen ist lächerlich einfach.

Am Anfang muss ich mich allerdings erst einmal mit der Technik des Autos anfreunden und durch die Einöde quälen. Die Bäume am Fahrbahnrand werfen auf den ersten Kilometern enorme Schatten, lassen die Straße, die sich durch die Nacht schlängelt, wie ein endloses Band erscheinen. Ich halte das Lenkrad fest umklammert, spüre den Schweiß an meinen Handflächen, bis ich das richtige Gefühl für das Gaspedal gefunden habe und schließlich auch die Auffahrt zur Autobahn.

Früher oder später wird mich jemand vermissen, doch bis dahin dauert es ziemlich sicher eine Weile.

Wenn ich es richtig verstanden habe, gehen Blanka, Lukas und die anderen davon aus, dass ich überhaupt nicht bereit bin für die Nacht der Nächte. Wie lässt sich aus dem Nichts plötzlich feiern, als wenn es kein Morgen gibt? Ohne große Erfahrung? Und wozu überhaupt?

Mein Motiv ist ihnen völlig unklar.

Ich bediene mich an der angebrochenen Gummibärchentüte, die noch von der Hinfahrt zum Campingplatz in der Mittelkonsole liegt, kaue und schüttele innerlich den Kopf dabei.

Ausgesprochen hat es keiner, aber sie halten mich vor allem für einen eher hoffnungslosen Fall, nehme ich an, bestenfalls für einen harmlosen bis rätselhaften Spinner. Schlimmstenfalls wohl für jemanden, von dem sie vermuten, dass ihm Liebe fehlt. Ein bedauernswerter Eigenbrötler.

Und so einer will aufs Ganze gehen?

Für wen immer man mich hält, ich kann nicht beurteilen, ob nicht in jedem Fall auch etwas Wahres dran ist.

Wir sind die, die wir eben sind. Ich fürchte nur, ich selbst wäre aktuell gar nicht kompetent genug, darüber Auskunft zu geben, was das in meinem Fall wirklich heißt.

Kester, Jahrgangsbester – das war einmal.

Die Schulzeit – das war einmal.

Und jetzt?

Das einzige Motiv wiederum liegt für mich ganz klar auf der Hand: Ich bin jung. Zumindest ist es das einzige, das ich halbwegs akzeptieren würde. Deshalb lächle ich wahrscheinlich auch ein bisschen peilo vor mich hin, während ich in der Dunkelheit über die Autobahn rase, einmal kurz Blankas Sonnenbrille ausprobiere und mich dabei im Rückspiegel betrachte.

«Showtime», sage ich. Ich lasse das Fenster ein Stück runter. Wind dröhnt in den Wagen, zerrt an den Haaren.

Der Schülerausweis macht die Flatter.

Die Krankenkassenkarte.

Und der Perso. Im Rückspiegel sehe ich ihn noch kurz in der vom Fahrzeug verwirbelten Luft herumtanzen. Und das war's im Grunde auch.

Fast.

Bis auf den Passfotostreifen. Blanka und ich. Sie mit der hochgesteckten Bienenkorbfrisur und der schmalen Narbe am Haaransatz, ich mit diesem Puddingschüsselhaarschnitt und einem Gesicht ohne Eigenschaften. Wir beide vor gut einem Jahr, als wir mit dem Profilkurs eine Exkursion in die Stadt gemacht haben, nach Hamburg, wohin ich jetzt auch unterwegs bin.

Ein merkwürdiges Pärchen geben wir ab.

Als ihr Freund würde ich nie durchgehen.

Geschwister?

Bruhaha. Keinesfalls.

Am ehesten könnte man uns noch für ein Duo halten, das gemeinsam bei «Jugend musiziert» antritt, Gesang und Klavier zum Beispiel. Ein klassisches Zweckbündnis: Sie die charismatische Sängerin, ich ihr unscheinbarer, aber nicht unbegabter Tastenknecht. Die Schöne und der Freak.

Der Fotostreifen zittert vor dem Autofenster schon im Wind, die Nacht reißt daran, meine Finger lassen aber nicht los.

Gefühlsduselig, ich weiß. Gar nicht meine Art im Normalfall. Andererseits ist es eben eine Ausnahmesituation.

Ich überlege deshalb auch, ob ich Blanka noch eine letzte Sprachnachricht schicken soll. Nicht ohne Grund. Sie mag mich. Und wenn überhaupt jemand kapiert, was das alles soll, dann wohl sie. Trotz allem.

Das ist das Eine.

Aber weil sie mich mag, weiß man natürlich nie, ob es eine gute Idee ist, sie mehr als nötig mit meinem Kram zu belasten. Auch wenn es von ihrer Seite aus da immer wenig Hemmungen gab.

Ich habe sie gerne bei Hausaufgaben und Referaten unterstützt im letzten Jahr. Leicht für mich.

«Kester, immer Bester, Jahrgangsbester!»

Das haben sie bei der Zeugnisvergabe wirklich skandiert. Halb bewundernd, halb spöttisch, nehme ich an. Hat mich nicht groß beschäftigt, muss ich sagen, weder auf die eine noch die andere Art.

Blanka hat hinterher gemeint: Einmal bräuchte sie noch

meine Hilfe, weil sie sich gerne bedanken möchte für das, was ich für sie getan habe. Ob ich nicht eine gute Idee hätte? Mir ist nichts eingefallen in dem Moment. Ich hätte aber sowieso nichts gewollt.

«Überleg's dir», hat sie dann noch gesagt. Und jetzt ist mir eben eingefallen, dass ich, anstatt mich so peilo zu benehmen in der Sekunde, mich auch bei ihr hätte bedanken sollen.

Das ist das Andere.

SPURMARKIERUNGEN

Ich ziehe den Fotostreifen zurück. Im Radio blubbert ein Moderator vor sich hin und kündigt den nächsten Song an, aufgekratzt wie ein Siebenjähriger, der bei einer Feier zu kräftig bei der Cola hingelangt hat.

Ich werde den Ausknopf drücken und überlegen, ob eine Sprachnachricht nicht sowieso auch feige wäre, ob ich stattdessen Blanka lieber anrufen sollte.

Die Dunkelheit.

Die vorbeiwischenden, gestrichelten Spurmarkierungen.

Die Tankanzeige.

Ich werde mir die Frage stellen, ob denn dieser scheinbar ziellose Monolog in meinem Kopf nie ein Ende nimmt. Nicht zuletzt deshalb, weil die Sache mit der Liebe, die uns womöglich allen fehlt, anfängt, mich zu beschäftigen.

Nebenher werde ich bereits nach einer geeigneten Stelle Ausschau halten. Einzelne Regensprenkel werden durch das Licht der Scheinwerfer fallen. Wie Kratzer auf einem Bildschirm.

Ich werde Blanka nicht anrufen, ihr auch keine Sprachnachricht schicken. Ich werde an sie denken, während ich so über die Autobahn rase, aber auch noch an einiges andere, an meine Verwirrung und Leere in letzter Zeit, weil wir den Abschluss nun in der Tasche haben, und ich mir bis heute eigentlich keinerlei Vorstellung davon machen konnte, was wohl vor mir liegt.

Gar keine.

Null.

Kurz darauf werde ich den Unfall haben.

Es wird diesen Zeitlupenmoment geben, still wie ein Wimpernschlag, endlos gedehnt und plötzlich vorbei.

Der Krach von sich verformendem Blech und berstenden Plastikteilen. Ein eigenartiger Geruch wird in der Luft liegen, süß und metallisch.

SICHERHEITSGURT

Hinterher dann: Absolut nichts auf der Tonspur, totale Stille. Wie ein Riss im Raumzeitgefüge vielleicht. Dieser Zustand zieht sich für eine unbestimmbare Dauer einfach so hin, und ich muss mich sehr konzentrieren, bis ich wieder etwas wahrnehme.

Ich würde behaupten, zunächst höre ich nur, dass die Bäume und Büsche im Hintergrund miteinander flüstern, mehr nicht. Dann erst, um einige Sekunden verzögert, kehrt der gewohnte Lärm zurück.

Verkehr dröhnt wieder durch die Nacht.

Kurz fliegt mich Panik an, dass mit meinem Körper etwas

nicht stimmt, dass ich eingeklemmt sein könnte. Schließlich merke ich aber: Ich bin noch angeschnallt. Mit einem Daumendruck lässt sich das Problem lösen. Es macht *klick*, und der Sicherheitsgurt öffnet sich. Ich schnappe mir die rote Sonnenbrille und schaffe es ohne viel Mühe ins Freie. Keine Schmerzen, keine sichtbaren Verletzungen, alles scheint in Ordnung zu sein. Natürlich sprudelt Adrenalin durch die Adern, die Knie sind ganz weich. Ein bisschen wie bei der Zeugnisvergabe.

Die Schulleiterin hat meinen Namen vorgelesen, nur meinen, Kester Schwarz, ganz am Schluss der Zeremonie, weil ich ja der bin, der beim Notendurchschnitt alle abgehängt hat. Zudem als Jüngster, weil ich schon in der Grundschule eine Klasse übersprungen habe. Fast ein Witz: Ausgerechnet zum Finale, nach Jahren des nahezu perfekten Funktionierens mit Sternchen, bleibe ich einfach sitzen. Weiß auch nicht warum.

Was habe ich gedacht? Dass noch etwas kommt? Wollte ich den Augenblick auskosten? Ich hatte selbst das Gefühl, dass sich mein Gesicht verzerrt, und konnte nichts dagegen tun.

Mein Sitznachbar musste mir einen Stoß mit dem Ellbogen geben.

Was auf der Bühne passiert ist, kann ich auch nicht mehr im Detail sagen. Ich habe Hände geschüttelt und einen Buchgutschein bekommen, das steht fest. Aber sonst? Kein Triumphgefühl. Im Gegenteil.

Zunächst hatte ich noch die Vermutung, die Freude würde vielleicht später einsetzen. Alle anderen schien es so glücklich zu machen, ab sofort keine Zeit mehr zusammengepfercht in Klassenräumen absitzen zu müssen. Endlich Schluss damit, in zig Fächern zähen Lernstoff durchzukauen, um ihn dann abprüfen und sich dafür benoten zu lassen. Und auch kein ungeduldiges Herbeisehnen mehr, dass der erlösende Dur-Dreiklang des Schulgongs ertönt – nie wieder.

Diese Freude blieb bei mir aber aus.

Ich kann mich nicht erinnern, jemals das Ende der Schulzeit herbeigesehnt zu haben. Und wieso hätte ich am Ende vom Jubelgefühl durchdrungen sein sollen? Wegen meiner Leistungen? Bester bin ich ja sowieso schon immer gewesen, das war normal. Nichts anderes habe ich von mir erwartet.

Auch jetzt erwarte ich von mir, dass ich mich nicht enttäusche.

Insofern läuft es vielleicht gar nicht schlecht. Selbst wenn ich mich zum Durchatmen kurz an dem geschrotteten Wagen mit den noch glühenden Rücklichtern abstützen muss – ein Wrack, zerbeult und zerkratzt, mit tiefen Furchen, die sich durch den Lack ziehen wie klaffende Wunden auf schwer geschundener Haut. Ich bleibe nicht einfach mit leerem Tank auf einem Seitenstreifen liegen.

Ich finde Lösungen.

Weil ich nicht lockerlasse.

Papiere, um sofort identifiziert werden zu können, habe ich nicht mehr. Das ist schon mal gut. Außerdem bin ich so helle, dass ich auch das Telefon weit in die Dunkelheit schleudere. Damit bin ich ab sofort nicht mehr zu orten, unerreichbar, und niemand kann meine Kontakte einsehen.

Schnell stopfe ich noch die paar Geldscheine, die ich habe, in die Socken. Und den Passfotostreifen.

Im Hintergrund das Rauschen der Autobahn.

Die Lichter vorbeifahrender Fahrzeuge zeichnen lange, verwischte Linien in die Nacht. Ich spüre das Vibrieren unter den Füßen, wenn ein Laster vorbeirumpelt. Und ich weiß, demnächst wird sich das Geheul einer Sirene aus der breiigen Geräuschkulisse schälen und sich nähern, schon bald.

LAKEN

Es ist meine erste Fahrt überhaupt in einem Rettungswagen. Ich bin erstaunt, wie reibungslos alles läuft. Und wie nett die Sanitäter sind. Sie tragen Westen mit Reflektionsstreifen und diese superengen Einweghandschuhe, deren Latexgeruch ich so mag. Fast genüsslich habe ich diesen Geruch eingesogen, als mir die Halskrause angelegt wurde.
    Viel musste ich nicht tun. Ich habe eine retrograde Amnesie vorgetäuscht. Eine typische Schockreaktion. Immer wieder wollte ich von den Sanitätern wissen, was denn passiert ist. Sie haben mir geduldig erklärt, dass ich einen Unfall hatte. Dann haben sie gefragt, ob ich weiß, wo ich bin? Welchen Tag wir heute haben? Wie ich heiße? Kennt man ja aus unzähligen mittelmäßigen Filmen so. Das fand ich ein wenig schräg, muss ich gestehen.
    Kester.
    Freitag, der soundsovielte Juli.
    An einem mir unbekannten Ort auf der Autobahn.
    Das konnte ich alles ordnungsgemäß beantworten. Nur beim Nachnamen habe ich aus Vorsicht eine Wissenslücke vorgetäuscht. Was kein Problem gewesen ist. Man chauffiert mich selbstverständlich dennoch mit Blaulicht in die Stadt, in die ich will, in die ich muss.

Nach der undramatischen Übergabe im Krankenhaus parkt man mich erst einmal im Gang der Notaufnahme. Um mich herum stehen lauter belegte Betten. Es wird geschrien und gestöhnt und gekotzt.

Das reinste Horrorkabinett.

Ich bleibe dabei, uns allen fehlt es an Liebe.

Diesem Gebäude ohne jeden Zweifel. Was muss man für ein Arschloch sein, um so etwas zu entwerfen und zu gestalten? Dieses Licht! Diese Farben! Dieser Geruch! Alles so windelmäßig.

«Nicht weglaufen», scherzt eine junge Schwester mit weißem Kittel und straffem Dutt. Sie hat eine tolle Art sich zu bewegen, ein bisschen wie Blanka, federnd, mit schwungvollem Armgependel.

Ich gucke ihr hinterher, bleibe auch brav liegen dabei, aber sobald sie in dem Gängelabyrinth verschwunden ist, setze ich mich auf.

Ich muss sie leider enttäuschen.

Bei der erstbesten Gelegenheit mache ich den Schuh. Weil alle so freundlich zu mir waren, zücke ich vorher noch den Kugelschreiber aus der Hosentasche und kritzle auf mein Bettlaken, dass ich mich selbst entlassen habe. «Tausend Dank für die nette Behandlung», schreibe ich dazu. Unterzeichne mit: K.

Das ist aber nicht nur ein lustiger Scherz für Literaturinteressierte, sondern auch Blankas Spitzname für mich.

Wenige Minuten danach bin ich bereits in der U-Bahn.

Gefolgt ist mir niemand, trotzdem fällt die Anspannung erst so richtig ab, als sich die Türen hinter mir schließen und wir im Tunnel verschwinden. Meine Beine sind ein wenig schwach vom Rennen. Ich binde mir den Hoodie um die

Hüften, suche mir einen Sitzplatz. Schiebe die rote Sonnenbrille wieder auf die Nase.

In der Scheibe des Waggons kann ich sehen, wie mein Spiegelbild ziemlich peilo grinst. Aber dafür muss ich mich nun wirklich nicht schämen.

RASIERKLINGE

Einige Stationen weiter steige ich im Pulk der vielen Nachthungrigen aus, folge ihnen den kühlen Schacht die Treppe hoch und biege um die Ecke, tauche sofort ein in ein vibrierendes Getümmel.

Volksfest in der Großstadt: Erwachsene schreien und kreischen vor Freude wie Kinder, während die Achterbahnen sie über rumpelnde Schienen durch Kurven und Loopings katapultieren, mechanische Krakenarme sie in Gondeln hoch über dem Erdboden herumschleudern, Schiffschaukeln sie beim wilden Hin und Her in die Sicherheitsbügel pressen. Der niemals müde Wind verteilt das Getöse des Hamburger Doms, das Lachen, die Musik und das Gegröle, in der Luft, während ich auf den Weltkriegsbunker zusteuere.

Er steht am Rand des Volksfestgeländes.

Er ist das Ziel.

Ein schroffer Riese, hoch wie vier Zehn-Meter-Sprungtürme übereinander, von einer waldgrünen Perücke bekrönt, einem mehrstöckigen Dachgarten. Unter diesem üppigen, hell angestrahlten Gebilde aus Bäumchen, Sträuchern und Ranken scheinen die dunklen, meterdicken Wände des

Bunkers die Reflexionen der bunten Farben des Rummels halb zu verschlucken. Als ob Fröhlichkeit hier nicht geduldet wäre.

In seinen Eingeweiden aber grummeln Bässe, klopfen die Beats, rumort es, tobt die Ekstase, das weiß ich, und ein bisschen, meine ich, spürt man es sogar bis draußen in die Warteschlange.

Ich reihe mich ein.

Ich starre über die Köpfe hinweg zum Eingang. Eine riesige Rasierklinge prangt dort als Erkennungszeichen des Clubs über der Stahltür. Ansonsten gibt es nicht viel zu sehen. Ich muss warten.

Die Menge vor dem Eingang bewegt sich nur langsam vorwärts, während Stimmen durcheinanderfließen, Zigaretten aufglühen.

Ich gucke mich um.

Was habe ich erwartet?

Ein paar Gestalten haben sich aufgetakelt mit zu viel knalliger Schminke, zu viel Protzschmuck, zu viel unverhüllter Haut oder Statement-Kleidung, und obwohl es dunkel ist, tragen absurderweise außer mir auch noch ein paar andere bunte Sonnenbrillen, aber die meisten sehen doch ziemlich normal aus. Sie sehen aus wie Leute, die sich als sie selbst zum Fasching verkleidet haben. Clubgeher. Wie gecastet für einen Filmdreh. Partypeople.

Eigentlich fallen mir keine Situationen ein aus den letzten Jahren, in denen ich mir sonderlich allein vorgekommen wäre, und vor allem nie dumm. Hier aber plötzlich, umgeben von all diesen wartenden, gutgelaunten Menschen, bin ich allein. Und komme mir vor wie ein Idiot.

Besonders, als ich dann vorne stehe.

ANZUG

Kann der Türsteher ahnen, dass ich mich nur unter die geschummelt habe, für die das alles hier nichts Neues ist? Wohl kaum. Ich bin nicht wie die hier, das stimmt. Ich habe nicht vor, später selig nach Hause zu taumeln.
Ändert aber nichts: Keiner kann in jemand anderem lesen. Kein Türsteher der Welt kann das, auch dieser nicht. Ein Kerl so breit und kantig wie ein geziegelter Außengrill. Er kämmt sich mit tätowierten Fingern durch den dunklen Bart, mustert mich kurz, betrachtet einmal prüfend und abschätzig meine Langweiler-Klamotten und die rote Sonnenbrille. Vor allem betrachtet er meine fette Halskrause. Das alles dauert keine Sekunde.

Seine Augen sagen: Verzieh dich, Kleiner. Er formuliert es allerdings anders, sagt: «Du kommst hier nicht rein.» Er richtet die Worte weniger an mich, eher ist es eine öffentliche Erklärung. An den vorderen Teil der langen Schlange vor dem Club.

Nicht mal nach meinem Ausweis fragt er.

Kein Mensch besitzt die Gabe, so eine Halskrause mit Würde zu tragen. Man sieht damit einfach aus wie ein Eichhörnchen, das in einer Rolle Klopapier festklemmt.

Schon klar.

Ich hatte gehofft, die Halskrause wäre womöglich mein Trumpf. Ich hatte auf Mitleid, zur Not auf ein paar dumme Scherze auf meine Kosten gehofft. Auf einen Effekt, der von mir ablenkt. Aber wenn dieser bärtige Kerl sich überhaupt Gedanken über meine Halskrause macht, glaubt er wahrscheinlich, ich Idiot habe mich mit dem Rad hingepackt, auf dem Weg zum Schachtraining, als sich die Kordel vom

Turnbeutel für Trinkflasche und Müsliriegel in meiner Kette verfangen hat.

«Sie halten mich für zu jung, richtig?» Es ist natürlich Quatsch, solche Leute zu siezen. Sehe ich sofort ein. Es ist aber oft die richtige Strategie, Respekt zu zeigen, und trotzdem beharrlich zu bleiben. Kenne ich zumindest von den Leistungsbeurteilungsgesprächen in der Schule so. Ich sage: «Bis Mitternacht dürfen auch Minderjährige ab 16 Jahren Clubs besuchen, wissen Sie ja. Oder glauben Sie mir etwa nicht, dass ich 16 bin?» Ich nehme dabei sogar sie Sonnenbrille ab und hänge sie mir mit einem Bügel in den T-Shirt-Kragen.

Die Antwort sind zwei Sätze aus der Kühltruhe: «Tu mir den Gefallen, geh zur Seite.»

Der Kerl macht nur seinen Job.

Es wäre grundfalsch, jetzt enttäuscht oder eingeschnappt zu sein. Mein nächster Versuch: die Wahrheit. Soll ja angeblich entwaffnend wirken: «Ich muss da rein. In dieser Nacht. Weil es die letzte sein wird.»

Gemurre von hinten. Ich halte den Laden auf, das nervt die Leute, verständlich. Von hinten kommt plötzlich aber auch ein verblüffender Vorschlag: «Schon gut, ich nehme den Jungen mit rein.»

Der Türsteher leuchtet mit einer Taschenlampe die Warteschlange ab. Woher hat er die jetzt so schnell? Er fragt: «Ihr seid zu zweit?»

«Jetzt ja», sagt der hinter mir wieder und tankt sich entschuldigend durchs dichte Körpergedränge nach vorne.

Ein schlanker Mann im lässigen Anzug. Mitte dreißig. Oder älter? Er trägt sein gewelltes Haar nach hinten gegelt, und ein Kettchen blitzt im Ausschnitt seines aufgeknöpften Hemdkragens hervor. Galerist würde als Beruf nicht schlecht zu ihm passen, finde ich. Wegen seines kultivierten Auftretens wirkt er ähnlich fehl am Platz wie ich.

Das schätzt der Türsteher wohl genauso ein. «Nope», sagt er, ohne dass sich auch nur ein Muskel in seinem Gesicht rührt: «Keiner von euch beiden kommt rein. Verstanden?» Er gestikuliert nicht mal, wird nicht barsch. Er hat die tätowierten Hände ganz ruhig vor dem Körper ineinandergefaltet.

HEMDKRAGEN

Eigentlich möchte ich mit dem Türsteher noch diskutieren, aber der Mann im lässigen Anzug zieht mich zur Seite. «So nicht. Das ist einer, der diskutiert nicht gerne.»

«Augen auf bei der Berufswahl, kann ich da nur sagen. Muss er das nicht die ganze Nacht lang tun?»

«Eben.»

«Ich hätte das schon an diesem Herrn vorbeigeschafft. Das sind ja alles professionelle Tricks. Bestimmt gibt es da auch Schwachstellen.»

«Du hast Humor.»

«Ich muss da einfach rein. Ich komme da rein. Danke aber, dass Sie helfen wollten.»

«Bruno», sagt er, berührt mich mit der Hand, lächelt, und eine Welle von Zuneigung überflutet mich. Ich kann mir das nicht erklären. So etwas ist mir bei einem Fremden noch nie passiert. Er sagt: «Für Erste müssen wir uns wohl geschlagen geben. Aber ich hätte da noch eine Idee.»

Bruno schiebt mich weiter vom Eingang weg, lotst mich durchs Gedränge der Wartenden. Es ist wahnsinnig eng.

«Waren Sie schon mal in dem Club?», frage ich, als es für einen Moment nicht weiter geht. Prompt bekomme ich von der Seite einen Stoß mit dem Ellbogen, verliere ein wenig den Halt. Meine Wange berührt die Schulter von Bruno. Sein Hemdkragen riecht schwach nach Lavendel.

«Ich weiß, was die Leute denken. Farbig, laut und dramatisch stellen sie sich das Treiben hinter diesen meterdicken Wänden vor. In ihrer Vorstellung regnen die ganze Zeit Drogen auf nackte Körper.»

«Aber?»

Bruno zieht mich weiter: «Das Nachtleben ist auch nicht anders als das richtige Leben. Was du findest, ist doch eher selten das, was du suchst. Was du aber im Zweifelsfall immer findest, ist die ganz normale Traurigkeit der Pausenräume des Alltags. Denn auch das ist hier wie überall sonst: Pausenräume sind Pausenräume.»

«Und warum sind Sie dann hier?»

«Deinetwegen. Und ich wäre sehr fürs Duzen, Kester. Warum willst du da unbedingt rein? Wieso soll das die letzte Nacht werden?»

Meinetwegen?

Und woher weiß er meinen Namen?

«Kennen wir uns?»

«Du weichst aus», sagt er, «aber das ist in Ordnung.»

«Ich habe Ihnen nicht erzählt, dass ich Kester heiße.»

Inzwischen haben wir es aus dem größten Gewühl rausgeschafft. Bruno richtet den Sitz seines Anzugs. «Reden wir nicht lange drumherum», sagt er. «Ich bin hier als dein Schutzengel.»

Der Lärm vom Rummel nebenan. Bunte Lichter, etwas Fiebriges liegt in der Luft. «Mein Schutzengel», echoe ich. «Für diese eine Nacht.»

Seine Augen sind wässrig, aber klar. Er wirkt nicht high, nicht plemplem, nicht psychopathisch. Verdächtig höchstens: Er sieht aus wie jemand, der weiß, wie man anderen einen Streich spielt.

«Amen», sage ich.

«Du kaufst mir das nicht ab», sagt Bruno, «aber nein, ich komme nicht aus der Klappse. Und ich bin übrigens auch nicht hier, um dir einen Streich zu spielen oder dich in eine Falle zu locken. In dieser Gegend liegt das zwar alles nah, doch keine Sorge, ich pass auf dich auf. So gut das geht.»

«Selbstlos, gütig und hilfsbereit, wie schön. Und gleich verkündest du mir dann vermutlich die frohe Botschaft.»

«Verstehe, du willst es ins Lächerliche ziehen.»

«Ich habe es nicht so mit dem Religiösen», sage ich, «tut mir leid.»

MÜLLBEHÄLTER

Hinter Bruno häutet sich eine Plakatwand in dicken Schichten. Ein Stück weiter stehen einige bunte Müllbehälter. Statt mich im Bunker unter die Feiernden zu mischen, um mich vom Wahnsinn überwältigen zu lassen, lande ich in einer zugigen, dämmrigen Ecke davor und spreche mit einem Fremden über Engel.

Auch eine Art Wahnsinn.

Andererseits kommt es nicht auf fünf Minuten an. Und

ununterhaltsam ist es ja auch nicht, was zum Besten gegeben wird. Deshalb lasse ich Bruno ein wenig erzählen. Es stellt sich heraus, dass er mir ein Angebot unterbreiten möchte. Offenbar hat er nämlich keine große Lust auf seine Tätigkeit als Engel. Aber er braucht eine Menschenseele, die sich von ihm retten lässt, um davon erlöst zu werden.

«Sehe ich denn so aus, als wenn ich gerettet werden müsste?», frage ich, «und das ausgerechnet von einem Engel im Anzug?»

Es raschelt bei den Müllbehältern.

Ist das eine Ratte?

Bruno hebt eine Augenbraue: «Kann man sich nicht aussuchen. Mit Engeln ist das nämlich alles so eine Sache, weißt du. Nur Verzweifelte wie du können ihnen überhaupt begegnen. Und retten Engel die Seele eines Verzweifelten, bekommen sie die Wahl: weiter Engel sein oder Frieden finden. Selten bekommen sie auch eine zweite Chance, kehren ins Leben zurück.»

«Der Türsteher hat dich auch gesehen, ihr habt sogar miteinander geredet.»

«Ich habe nicht gesagt, dass ich unsichtbar bin. Mich können alle sehen, weil wir, du und ich, uns begegnet sind.»

«Und deine Flügel? Sind die unter dem Sakko versteckt?»

«Willst du meine Flügel sehen?»

Leute sagen alle möglichen Sachen, auch sehr absurde, aber das hier ist ja schon ein besonderes Kaliber. Ich wische mir übers Gesicht: «Was soll das sein? Ein Code? Kommt jetzt etwas mit Sex oder Drogen oder so?»

Bruno schüttelt den Kopf, geht nicht weiter auf meine Bemerkung ein: «Man könnte es auch so formulieren: Ich brauche eine Aufgabe, um mich wieder lebendig zu fühlen. Ähnlich wie du, Kester.»

«Ich? Um ehrlich zu sein, brauche ich erst einmal eine Idee, wie ich es doch noch in den Club schaffe.»

Er streicht sich mit einer Hand durchs Haar. «Die Nacht der Nächte wünschst du dir?»

«Das finde ich jetzt billig. Deshalb geht man doch aus.» Ich drehe den Kopf weg und ärgere mich sofort, dass ich das tue.

«Pass auf, ich weiß, du wünschst dir die Nacht der Nächte, und ich bin gerne bereit, dir dabei ein wenig unter die Arme zu greifen. Ich bringe dich auch in diesen Club, wenn du es unbedingt willst. Allerdings müsstest du mir im Gegenzug auch einen kleinen Gefallen tun.»

«Was für ein Gefallen?», will ich wissen.

«Du musst mir helfen, meine Flügel loszuwerden.» Bruno hat keine Flügel. Ein wirklich mehr als seltsames Gespräch. Sein Gesichtsausdruck verrät nichts, rein gar nichts.

Ein langer Augenblick vergeht.

Ich scheine vergessen zu haben, weshalb ich mit Bruno überhaupt im dämmrigen Licht bei den Müllbehältern stehe und dieses Gespräch mit ihm führe. «Nettes Angebot», sage ich, «aber da muss ich passen. Ich glaube, ich stelle mich mal wieder für den Club an.»

«Reine Zeitverschwendung», gibt er mir noch mit auf den Weg, «aber hey, dein Leben, deine Entscheidung. Und mein Angebot steht. Überleg's dir. Ich bin immer zur vollen Stunde hier.»

HUNDEMARKE

Vermutlich wäre es tatsächlich Zeitverschwendung, sich noch einmal anzustellen. Doch ich komme gar nicht dazu. Jemand spricht mich von der Seite an. «Hallo, gehört das dir?»

Ich bin erst wieder ein paar Schritte in Richtung der Wartenden vor dem Club gegangen. «Bitte?!»

Eine junge Frau, ziemlich fit, ziemlich gut trainierte Oberarme und nicht viel älter als ich: Sie rupft an ihren kurzen Haaren, als wären die Unkraut im Beet. Sie trägt eins dieser gerippten Männerunterhemden und um den Hals baumelt an einer Kugelkette ein ovaler Anhänger, eins dieser militärischen Erkennungsplättchen. Hundemarke nennt man das, glaube ich. «Ob das dir gehört», will sie noch einmal wissen.

Sie hat ein silbernes Döschen in der Hand.

«Nein, wie kommst du darauf?» Ich blicke mich um, als würde ich nach jemandem Ausschau halten.

«Ich wusste, dass du das fragst», sagt sie, «wollen wir gucken, was drin ist?»

Es ist ein Sortiment aus Drogen. Ein Tütchen mit Gras und auch zwei Pillen, eine rote und eine blaue.

«Also, das ist definitiv nicht meins.»

«Bist du ein Freund von Bruno?», will sie von mir wissen.

«Nein.»

«Hast du nicht gerade längere Zeit mit einem Typen im Anzug gequatscht?»

Ich sehe mich um, kann Bruno aber nirgends mehr entdecken. Wo ist er so schnell hin? Ich frage: «Hat Bruno dich auch zugetextet?»

«Wir haben in der Warteschlange miteinander gewettet,

ob ich reinkomme. Bruno meinte ja. Ich dachte eigentlich, ich wäre schon zu betrunken. Außerdem, auf Militär stehen sie nirgends, wo es lustig zugehen soll.»

«Du hast es auch nicht in den Club geschafft?»

«Doch, doch.»

«Echt?! Mich hat der Türsteher nicht reingelassen.»

«Dieser alte Hustenbonbon, haha. Mach dir nichts draus, da drinnen ist es lauter als auf dem Truppenübungsplatz, und auf der Tanzfläche bekommst du schneller Platzangst als in einem Kampfpanzer. War gar nicht meins.»

Sie erzählt mir, dass sie Berufssoldatin ist. Seit dem Nachmittag war sie mit ein paar Kameraden auf Kneipentour unterwegs. Sie hat sich von der Gruppe abgesetzt, als die Herren nach und nach in Sextheatern oder den Bordellen der Herbertstraße verschwunden sind.

«Hallo? Das sind meine Leute. Ehrlich, ich frage mich, brennt bei denen der Helm, oder was?! Erst überreden sie mich zur Operation ‹Blitzbetankung›, Schrägstrich: ‹Thekensturm›, um mit mir in meinen Geburtstag reinzufeiern. Und jetzt stehe ich hier allein ... Haben vermutlich Angst, dass ihnen gleich in den nächsten Tagen vom Feind der Schwanz weggeschossen wird zur Begrüßung.»

«Ich wusste nicht, dass in Kürze eine Invasion bevorsteht.»

«Morgen früh, siebenhundert, werden wir nach Litauen in den Wald verlegt. Liest du keine Nachrichten? Litauen: Die Kaserne steht direkt um die Ecke von Europas Außengrenze im Osten. Wenn da einer auf den falschen Ast latscht, ist in der nächsten Sekunde großes Feuerwerk. Und dann stehen wir in der ersten Reihe. Aber okay, dafür sind wir ja ausgebildet.»

«Und du hast gleich Geburtstag?»
«Korrekt. Zwanzigsten. In Kürze kein Teenager mehr. Und ob du Bock hast oder nicht, ich denke, du wirst jetzt mit mir reinfeiern müssen», sagt sie, nennt ihren Dienstrang und die Nummer ihrer Panzerbrigade, streckt mir ihre Hand entgegen, «Kim. Erstes Bier geht auf mich.»
Ich schaue zum Eingang des Bunkers.
Ein dunkler, feuchter Geruch strömt aus den Wänden des Gebäudes. Kann aber auch Einbildung sein.
«Kester», sage ich, «Zivilist. Und es gibt Leute, die meinen, ich sei fürs Feiern nicht sonderlich geeignet.»

GRAS

Kim erteilt mir den Befehl, ihr zu folgen. Sie packt mich am Handgelenk. Kein Zögern. Ihre Hand ist warm und fest. Nach einem Zwischenstopp am Kiosk machen wir ein Stück entfernt vom Bunker in einer Seitenstraße Halt, vor einer Reihe von Altglascontainern.
«Lage unter Kontrolle, hier schlagen wir auf», bestimmt Kim, «auf dem Ding beziehen wir Posten.»
Ich mache keine gute Figur beim Besteigen. Sieht unter Garantie ziemlich peilo aus, wie ich mich an dem rutschigen Kasten abmühe, bis Kim mir schließlich eine Räuberleiter gibt. Jedenfalls sitzen wir dann zusammen oben, direkt gegenüber von dieser geschlossenen Buchhandlung. Ich überlege, ob ich Kim erzähle, dass ich schon einmal mit Blanka in dem Laden war. Bei der Exkursion damals.

Ich unterdrücke die Erinnerungen aber schnell wieder. Passt gerade nicht so gut hierher, scheint mir.

Wir lassen also die Beine baumeln.

Kim streckt sich, als hätte sie den besten Platz der Stadt gefunden.

«Ich wollte unbedingt in den Bunker», sage ich. «Will ich immer noch.»

«Ohne Grundausbildung ins Gefecht? Falsche Taktik», grinst sie. «So läuft das nicht, Soldat. Bevor man tanzt, lernt man erst mal, wie man auf zwei Beinen steht, und nicht zuletzt, wie man stehen bleibt.»

«Das ist Teil der Grundausbildung?»

«Absolut. Erst Orientierung, dann Bewegung.»

Kim verteilt das Bier. Stößt mit mir an. Trinkt. Sie redet viel, und ich höre vor allem zu, während sie bald das silberne Döschen öffnet, zwischen uns legt und beginnt, eine Tüte zu bauen. Sie ist sehr fingerfertig, finde ich. Das lasse ich sie auch wissen, und sie erzählt mir, wie sehr sie es liebt, ihr G36-Sturmgewehr in Einzelteile zu zerlegen, um es zu reinigen und zu warten. Sie erzählt von den Übungen im freien Feld, wenn es überall um einen herum knallt, wenn Patronenhülsen aus dem MG fliegen, Handgranaten hochgehen. Und sie erzählt von der Gänsehaut, die sie regelmäßig bekommt, wenn im Gelände plötzlich jemand mit einer vorgetäuschten Verwundung liegt und schreit, erschreckend echt.

«Ihr übt auch das Sterben?»

«Nur was geübt wird, kann klappen», sagt sie, «Prost!»

Sie leert ihr Bier. Ich halte ihr meine Flasche hin: «Kannst gerne noch einen Schluck von mir haben.»

Sie greift zu: «Soll ich was verraten? Ich mag das Zeug

eigentlich gar nicht. Schmeckt wie Dackelspucke, findest du nicht? Aber kein Rausch ist auch keine Lösung. Nicht am letzten Abend vorm Abmarsch.» Sie trinkt.

Ich finde das verwirrend. «Bist du nicht froh, dass es losgeht?»

«Weiß nicht.» Es macht erst nicht den Eindruck, als wenn sie große Lust hätte, mit mir über die Sache zu sprechen. Dann sagt sie aber noch: «Es ist schon eigenartig, wenn dir dein Vorgesetzter empfiehlt, sich Zeit für einen Abschiedsbrief zu nehmen. Weißt du, das sind Typen, die haben sonst vor allem diese militärische Grimasse drauf.» Sie macht es vor, presst die Kiefer aufeinander, saugt scharf die Luft ein. «Die sprechen ja meist nicht, die bellen. Und dann kommen sie plötzlich mit Testament und so einem Kram um die Ecke, und dass der Militärseelsorger immer ein Ohr für dich hat.»

«Hast du Angst vor dem Tod?»

«Vorm scharfen Ende des Einsatzes? So heißt das bei uns.»

«Und, hast du?»

Sie befeuchtet die Seiten des Joints und klemmt ihn sich zwischen die Lippen. Mit kurzem Funkeln im Blick zündet sie ihn an und zieht genüsslich. Süßlicher, leicht beißender Qualm, vermischt mit Kräutergeruch kriecht mir in die Nase. «Ja», sagt Kim nur knapp, während sie eine erste Rauchwolke in die Luft bläst.

«Hast du mit dem Seelsorger gesprochen?»

«Kurz.»

Ich frage sie: «Was weißt du über Engel?»

Sie guckt mich mit großen Augen an. «Wäre nicht verkehrt, wenn jemand auf einen aufpasst. Aber wenn es Engel gibt, haben sie sicher Besseres zu tun, als uns den Rücken freizuhalten. Ich denke, wir sind am Ende auf uns allein gestellt. Was weißt du darüber?»

«Dieser Bruno hat behauptet, er wäre mein Schutzengel.»

Kim amüsiert das. «Witziger Typ. Ich glaube, wenn es so weit ist, dass sich mein Schutzengel bei mir meldet, dann würde ich ihm erst mal Vorwürfe machen. Dem würde ich was husten wegen all der Situationen, wo er mich hat hängen lassen. Und dann meinen Drogenkonsum überdenken. Apropos: Das Zeug ist echt gut.»

Sie nickt in Richtung des silbernen Döschens. Es liegt noch immer geöffnet zwischen uns. Ich betrachte den Inhalt. «Was sind das überhaupt für Pillen?»

«Eine rote und eine blaue.»

«Reicht das, um sich umzubringen?», will ich wissen.

Kim lacht: «Es reicht, um sich ein bisschen wegzuschießen», sagt sie, «und man sollte bei diesem Zeug auch immer vorsichtig mit Alkohol sein, aber ich schlage sowieso vor, wir fangen mal gemütlich an.»

Sie reicht mir den Joint.

BUDEN

Das Feuerwerk vom Dom kracht los. Pünktlich um 22.30 Uhr. Kim zuckt bei der ersten Salve richtig zusammen. Ich glaube, es ist ihr unangenehm, sich so schreckhaft zu zeigen. «Bereitmachen, Abmarsch», bestimmt sie prompt.

Ich halte das vor allem für ein Ablenkungsmanöver. Stört mich allerdings auch nicht weiter. Auf geschlossene

Buchhandlungen glotzen, ist ja auch kein Programm für die Ewigkeit.

Wir marschieren also auf die andere Straßenseite, dahin, wo gerade wohl am meisten Leben tobt in der Stadt, tauchen ein ins Volksfest. Das heißt, Kim marschiert voran, ich folge etwas wackelig.

Überall flackert es, ertönen Fanfaren, Autoscooter prallen aufeinander und Menschenmassen strömen zwischen den Buden und Fahrgeschäften wie zähe Flüssigkeiten durcheinander.

Das Gras hat mich ein bisschen benebelt.

Ich glaube, es ist sogar mein Vorschlag gewesen, auf dem Dom nach Kims Leuten und einem Hau-den-Lukas zu suchen. Sicher bin ich mir aber nicht. Ich finde es jedenfalls unerklärlich lustig, Kim in diesem Zusammenhang von Lukas und seinen so tadellosen, so schönen Zahnreihen zu erzählen. «Er hat dieses Hollywoodlächeln voll drauf», sage ich, «und wenn ich gemein wäre, könnte ich es auch sein Heiratsschwindlerlächeln nennen. Er ist der Typ aus dem Jahrgang, der die Schülerrede bei der Zeugnisvergabe gehalten hat. Echt gut war die.» Ich lache.

«Luft holen, Kester», sagt Kim, «Augen schön geradeaus!»

«Der Witz ist, nicht einmal zehn Prozent davon hat er selbst geschrieben.»

Eine wahre Geschichte: Beim Nachdenken über die Rede kam Lukas genau einen Tag vor der Veranstaltung plötzlich auf den Trichter, dass ich ihm beim Schreiben helfen soll. Er wollte unbedingt etwas über die Macht der Stimmen und Gedanken derjenigen erzählen, die uns erziehen und unterrichten. Seine wichtigste These war, dass wir diese fremden

Einflüsterungen im Laufe der Zeit so verinnerlichen, dass wir sie für die eigenen halten. Er fand das seltsamerweise furchtbar gruselig, glaube ich. Weil wir ja so nie wissen könnten, was überhaupt unsere eigenen Ideen sind.

Ich habe anfangs nicht ganz verstanden, was genau sein Problem war. Es ist doch alles quasi wie eine Puzzlearbeit. Man gibt uns vorgestanzte Teile, die wir dann zu einem für uns stimmigen Bild verbinden können. Beim Ausprobieren machen wir Fehler, bis wir selbst wissen, was richtig und falsch ist. Außerdem inspirieren uns doch nicht nur Eltern und Lehrer, sondern vor allem auch Freunde und Vorbilder, die wir uns frei wählen.

Das habe ich Lukas gesagt.

Und da hat er mir auf die Schulter geklopft und die Stirn geküsst.

Kim sagt: «Da hat er wohl die offene Flanke erkannt, schwer zu verteidigen.»

«Vielleicht mein erster Kuss», nicke ich und pruste sofort wieder los, «falls das zählen sollte.»

Kim ist da allerdings skeptisch und schüttelt den Kopf: «Nö», sagt sie, «das lässt sich maximal als Überraschungsangriff ohne Wirkungstreffer werten.»

Das finde ich erst recht bumslustig.

POPCORN

Völlig peilo, mein Verhalten, klar: Diese Albernheit und Redseligkeit. Ich habe das alles kein bisschen mehr unter Kontrolle, stelle ich fest. Ich erzähle Kim eine ganze Menge

Zeug in dieser gesprächigen Stimmung. Weshalb ich jetzt in Hamburg bin und all das.

Ich weiß nicht genau, ob sie überhaupt zuhört. Rufe von Schaustellern und Losverkäufern schallen durch die laue Nacht, mischen sich mit dem Klimpern der Plastikchips, die an den Kassenhäuschen ausgegeben werden, und dem gedämpften Krach von Schlägen auf einen Boxautomaten.

Unwirklich laut kommen mir die Geräusche vor. Ich meine plötzlich sogar, meinen Magen knurren zu hören. Kein Wunder: Die Düfte von gebrannten Mandeln, Bratwürsten und Zuckerwatte liegen schwer in der Luft und ziehen mich unwillkürlich an. «Ich brauche dringend was Süßes», sage ich, «vielleicht auch vorher noch was Deftiges.»

Kim und ich einigen uns auf Popcorn. Und als Nächstes ziehen wir dann Lose. Lauter Nieten.

«Wonach suchen wir noch mal genau?», will Kim wissen.

«Nach deinen Leuten?»

«Die können mir gestohlen bleiben. Feine Kameraden sind das, nichts getan zum Erhalt der Einheit», sagt sie. «Aber jetzt hilf du mir noch mal eben auf die Sprünge. Das ging mir vorhin zu schnell. Warum genau bist du jetzt nicht mehr bei den anderen am Strand? Und was hat das mit dieser Blanka zu tun?»

«Da an diesem Strand hocken jetzt alle, geben sich die Kante und faseln mal wieder nur davon, was sie alles noch Aufregendes vorhaben. Das Lustige daran: Das nächste Erlebnis soll immer garantiert das ultimative überhaupt sein. Mich macht das fertig. Ich kann mir die Leben, die sie alle führen werden, genau vorstellen. Öde. Ein Stern von fünf, maximal. Ich bin schon beim Nachdenken gelangweilt von deren Zukunft.»

«Und deswegen bist du dann abgehauen.» Sie sieht mich interessiert an, und ich spüre, dass ich etwas rot werde.

«Kann sein, dass es nicht stimmt, aber in meiner Erinnerung war Lukas derjenige, der als erster den Rückzieher gemacht hat. Blanka wäre sonst bereit gewesen, mit nach Hamburg zu fahren, schätze ich. Sie ist anders als die anderen. Die Sache mit der ultimativen Nacht kommt ja im Prinzip von ihr: Einmal voll auskosten, wovon die meisten in unserem Alter träumen. Einmal den totalen Rausch erleben. Bis zum absoluten Höhepunkt. Das war die Idee. Deshalb will ich, deshalb muss ich auch in diesen Club. Verstehst du?»

«Kein Wort, um ehrlich zu sein.» Kim verzieht das Gesicht, so als hätte ich sie nach ihrer Meinung zu Physikhausaufgaben gefragt.

«Warum lachst du?»

«Halskrause. Popcorn. Und dazu das, was du in die Welt funkst. Du bist echt schräg. Außerdem habe ich ziemlich einen sitzen.»

«Ich auch, glaube ich», lache ich, obwohl ich das gar nicht will.

Da wird sie plötzlich ernst. «Hey, vergiss das mit Hau-den-Lukas. Da vorne ist eine Schießbude!»

EINHORN

Fünf Schuss, kein Treffer. Ich entpuppe mich als völlig talentfrei. Das heißt, beim letzten Mal splittert an der oberen Kante ein bisschen was von einem Plastiksternchen ab. Immerhin. Auch wenn ich zugeben muss, dass es nicht mal das war, das ich treffen wollte.

Dann schnappt Kim sich die Flinte.

Sie legt an, kneift ein Auge zu und zielt. Ein Klacken, dann klirrt es, die Scheibe, die sie ins Visier genommen hat, ist zersplittert.

Nachladen.

Jedes Mal trifft sie. Ich sehe die Bewunderung in den Gesichtern der Leute um uns herum. Einige verlangsamen ihre Schritte, bleiben kurz stehen, als könnten sie nicht glauben, was sie da sehen.

Die Schießbudenfrau, die am Anfang noch gelangweilt geschaut hat, nickt jetzt anerkennend: «Eine echte Heckenschützin, was?!»

Der letzte Schuss knallt, Kim zuckt nur mit den Schultern und sagt: «Naja, Kunststück – unbewegliche Ziele.» In der Stimme liegt aber etwas, das wie Stolz klingt, finde ich.

Anschließend schlendern wir zu dritt weiter: Kim, ich und ein Kuscheltier, ein Plüscheinhorn, das Kim sich unter den Arm klemmt. Außerdem hat sie mir noch eine unechte Rose auf die Schnelle geschossen.

«Wolltest du schon immer zum Militär?»

«Ich hatte nie einen richtigen Plan. Außer, dass ich dazugehören wollte.»

«Wozu?»

«Zu dem Land, in dem ich geboren bin? Es ist meins, auch

wenn ich anders aussehe, hier gehöre ich hin. Für mich war das immer klar. Zugleich aber auch wieder nicht, weil ich ja immer das Einwandererkind war, die Exotin.»

Ich merke, wie Kim dieses Thema aufwühlt. Sie erzählt von ihrem Vater, der aus Vietnam geflohen ist. Der die Sprache seines Gastlandes nie richtig gelernt hat, obwohl er sein Leben lang hier in der Gastronomie geschuftet hat, und der heute verbittert ist.

«Findet der nicht gut, was du machst?», will ich wissen, drehe den Stängel der Plastikrose zwischen den Fingern.

«Weißt du, was mein Alter gesagt hat, als ich mich verpflichten wollte? ‹Wer billig zu haben ist, der kriegt immer die Prügel noch gratis oben drauf.› Er konnte das nicht begreifen. Ich habe das noch genau im Ohr: ‹Hältst deine Birne hin für ein Land, das einen feuchten Furz auf dich gibt, hm?! Als ich vor über 30 Jahren hier ankam, jung und stolz, habe ich meine Lektion schnell gelernt: Egal, was du machst, ob du Scheiße frisst und lächelst oder dich mit den Leuten, die dir dumm kommen, prügelst und nicht immer klein beigibst, eins bleibt gleich. Für die bleibst du ein Fremder, ein Ausländer, der Chinucke. Weil die ja nicht mal einen Asiaten vom anderen unterscheiden können.›»

«Was macht er jetzt?»

«Wer? Mein Alter? Säuft, schimpft und guckt über Satellit VTV4», sagt Kim und nimmt das Plüscheinhorn in den Schwitzkasten, «manchmal macht er sogar alles mehr oder weniger gleichzeitig, je nachdem. Und deine Eltern?»

«Berufsschullehrer», sage ich, «total korrekte Leute im Grunde. Haben sich unheimlich bemüht, beste Eltern zu sein. Helikoptern nicht, bekumpeln einen nicht, missbrauchen mich nicht als persönlichen Wunscherfüller.»

«Du hast wahrscheinlich keine Lust zu tauschen?», scherzt Kim.

«Der Witz ist», sage ich, «wenn ich zum Militär gehen würde, wären auch sie kreuzunglücklich. Dann wären sie so was von komplett gescheitert, haben sie mal behauptet. Typisch Generation X, glaube ich. Überzeugte Pazifisten eben. Wieso man freiwillig einen Beruf wählt, bei dem man das Töten lernt, bei dem einem befohlen werden kann, in vollem Gehorsam sein Leben aufs Spiel zu setzen, würden sie nie kapieren.»

PILLEN

Noch länger über meine Eltern zu reden, habe ich aber keine echte Meinung. Sind sie nicht im Laufe der Zeit einfach zu friedlichen Gespenstern geworden in meinem Leben? Und ist das nicht auch gut so?

Ich frage mich dennoch kurz, ob sie mich morgen, nach dieser Nacht, wohl gerne tauschen würden. Gegen wen auch immer. Nicht ausgeschlossen, dass sie dann sogar mit Kusshand einen Soldaten nehmen würden.

Kim und ich lassen uns eine Weile im Getümmel der fröhlichen Menschen um uns herum mittreiben, eher planlos. Die Latscherei und die Last aus so viel Buntem und Bewegung hat meine Beine und Augen ziemlich ermüdet, merke ich. Ich bin deshalb nicht unglücklich, als Kim plötzlich vorschlägt, am Hafen Fischbrötchen angeln zu gehen. «Und mehr Dackelspucke zum Anstoßen muss auch aufgetrieben werden!», befiehlt sie.

«Stimmt, wie spät ist es überhaupt? Ist nicht bald dein Geburtstag?»

Kim zückt ihr Telefon. Schaut aufs Display. «Oh, eine Menge neue Nachrichten. Da versucht mein Trupp offenbar, mich zu orten.»

Sie tippt etwas in die Tastatur.

«Guck, deine Leute», sage ich, «die lassen dich doch nicht hängen.»

«Abwarten, abwarten», sagt Kim. Aber ich merke, dass sie ganz glücklich ist. Dann hält sie ihr Telefon in die Luft. «Und jetzt ein Foto – klick!»

Sie, das Einhorn und ich auf dem Dom.

Ein Einhorn mit Blankas Sonnenbrille im Gesicht.

Und kurz darauf noch einmal ein Schnappschuss und ein Video von uns dreien mit Fischbrötchen an den Landungsbrücken.

Danach setzen wir uns am Rand eines schwankenden Pontons auf zwei Poller, Blick aufs tiefdunkle Wasser, kauen und schweigen.

Der Wind ist kühler hier am Fluss, zerrt leicht an unseren Klamotten, aber das passt gerade gar nicht schlecht zur Stimmung. Kim muss sehr hungrig gewesen sein, jedenfalls hat sie das Brötchen im Nu verschlungen.

«Wenn deine Leute aufkreuzen, versuche ich auf jeden Fall noch mal, in den Club zu kommen», sage ich.

«Was hast du nur mit diesem bescheuerten Laden?» Kim hat die Hände in den Hosentaschen vergraben, die Schultern hochgezogen.

«Habe ich doch erklärt. Das soll meine letzte Nacht sein», sage ich, «und ich möchte einmal dort getanzt haben, bevor sie endet.»

Betont langsam, ohne ein Zeichen der Überraschung zu zeigen, nähert sich ihr Gesicht meinem. «Jaja, die letzte vor der allerletzten Nacht. Aber weißt du, damit macht man eigentlich keine Späße.»

«Du verstehst das nicht», sage ich, «ist auch nicht so wichtig.»

«Verstehst du das denn?»

«Zwei Minuten noch, dann beginnt für dich ein neues Lebensjahr», sage ich statt einer Antwort, binde meinen Hoodie von den Hüften los, ziehe ihn an, «lass uns über andere Dinge sprechen.»

Es kommt mir etwas seltsam vor, mich mit einer quasi Fremden zu streiten. Und ich weiß auch nicht mehr genau, wie es kommt, doch auf einmal hat Kim wieder das silberne Döschen in der Hand.

«Wenn schon, denn schon, Herr Zivilist», sagt sie, «wollen doch mal sehen, was passiert, wenn das Zeug die Blut-Hirn-Schranke passiert.» Sie sagt: «Blau oder rot? Rot oder blau?»

POLLER

Mitternacht: Es ist, als würde die Dunkelheit selbst atmen, mich einhüllen, mich aufnehmen. Der Wind, der über die Wellen streicht, bringt Salzgeruch mit. Vom Meer. Ich bin froh über seine stille Umarmung, bin froh, dass er da ist. Und mindestens genauso froh bin ich, als kurz darauf Kims Kameraden mit den Militärhaarschnitten in Gruppenstärke anrücken.

Das große Hallo bleibt ihnen allerdings in den Hälsen stecken.

Sie wollen Kim natürlich hochleben lassen. Aber daraus wird nichts. Kim können sie nur noch einsammeln. Denn sie hat sich für die rote Pille entschieden, mir ihr Bier vor die Brust gedrückt und ist wenig später einfach so am Pier zusammengesackt.

Und vom Poller gerutscht.

Wer weiß, was passiert wäre, wenn ich sie nicht am Gürtel erwischt hätte. Gerade eben noch, bevor sie kopfüber ins Hafenbecken kippen konnte. Zuckend, als hätte sie Krämpfe.

«Völlig hackezu!», stellt einer der breitschultrigen Kerle scharfsinnig fest. Ein anderer Kerl hat sich neben sie gekniet, packt Kim mit der einen Hand unter der Schulter und verpasst ihr mit der anderen ein paar Ohrfeigen. Ein Dritter fragt in meine Richtung: «Hast du ihr dieses Zeug gegeben?»

Ich schüttele mechanisch den Kopf. Und überlege, ob ich die Herren fragen soll, wie es denn im Puff war. Aber letztlich geht mich das alles ja nichts an. Schade bloß, dass es ein so merkwürdiger Abschied von Kim ist.

Strenggenommen gibt es natürlich gar keinen richtigen Abschied. Ihre Kameraden tragen sie wie eine Schwerverwundete weg. Auch das Einhorn klemmt sich einer unter den Arm, das Plüschtier wird einfach mit abtransportiert. Samt der Sonnenbrille.

Aber egal. Ich mache keinen Aufstand deswegen. Vielleicht bin ich zu überrumpelt. Ganz sicher macht auch das, was ich höre, etwas mit mir.

Kim singt sich nämlich mit verdrehten Augen, vernuschelt und lallend, selbst ein «Happy Birthday», als ihre Kameraden sie wegschleppen. Ich habe ihre sich entfernende Stimme noch eine Weile im Ohr, während ich aufs Wasser starre, die blaue Pille im Hohlraum meiner Faust verborgen. «Happy Birthday. Happy Birthday to me ...»

Ich.

Allein.

Mit dem Plätschern des dunklen Flusses zu meinen Füßen.

Ich öffne die Hand. Während neben mir eine Möwe auf dem leeren Poller landet. Mit großen weißen Flügeln. Ich könnte ihr scherzhaft mit dem Bier zuprosten. «Möwe», müsste ich jetzt eigentlich einmal laut sagen. Kann man gerne Blanka fragen. Sonst würde ich nämlich sterben.

Dieser Gedanke kitzelt mein Hirn mit kühlen Spitzen. Und ich drehe das kleine blaue Ding zwischen meinen Fingern.

Ist das die Geschichte?

Ein ruhiges Ende?

Als Letztes noch das eigene Spiegelbild verzerrt auf der Wasseroberfläche näher kommen sehen. Dann aufschlagen, eintauchen, und weg sein. So könnte es aussehen, wenn die Pille unter die Zunge wandert: An einem der nächsten Tage fischt ein Stück flussabwärts ein Barkassenkapitän eine Leiche aus der Elbe. Man wird das Blut untersuchen und feststellen, dass sich darin Drogen und Alkohol nachweisen lassen. Was sicherlich Anlass zum Rätseln gibt, ob es Absicht war, dass hier jemand kurz nach der Geisterstunde ins Wasser gegangen ist. Oder ob hier einfach unglückliche Umstände zu fatalen Folgen geführt haben. Gespräche mit Familie, Freunden, Mitschülern. Befragung von Zeugen. Suche nach Erklärungen. Die Ermittlungen werden keine eindeutigen Ergebnisse zu Tage fördern. Der Tote hat mit seinen Eltern in einem dörflichen Zweihundert-Seelen-Nest mit historischer Mühle gelebt. Rotklinkerhaus. Wärmepumpenheizung. Solarpaneele auf dem Dach. Unter dem begrünten Carport parkt ein japanischer Kleinwagen. Auf den Wiesen nebenan laufen Gänse, Schafe und Galloway-Rinder. Die Eltern sind beide Beamte im Schuldienst. Sie gärtnern gerne, kaufen immer samstags auf dem Wochenmarkt ein, lieben es zu kochen und neue Re-

zepte auszuprobieren. Sie bringen eingetrocknete Farbtöpfe und Lackdosen, Druckerpatronen und defekte Elektrokleingeräte zum Recyclinghof. Es gibt noch ein zweites Kind, acht Jahre älter, eine Tochter, die bereits mit dem Studium durch ist. Sie verdient ihr Geld als Junior Justiziarin bei einer internationalen Nichtregierungsorganisation im Süden des Landes und hat nebenher einen kleinen Lehrauftrag. Die Geschwister hatten wenig Kontakt. Der Jüngste war auch sonst nicht der geselligste Typ, zeigte andererseits aber keine sozialen Auffälligkeiten. Sein Aufwachsen verlief ohne erkennbare Krisen, war insgesamt geprägt von Stabilität in fast jeder Hinsicht: keine schwerwiegenden Erkrankungen, auch keine nennenswerten Spannungen in der Familie oder schmerzhaften Trennungs- oder gar Gewalterfahrungen. Nichts. Lediglich bei der Rekonstruktion der letzten Lebenstage und -stunden finden sich Anzeichen für ein auffälliges Verhalten, in das sich depressive Züge hineinlesen lassen. Eine Kurzschlusshandlung kann nicht ausgeschlossen werden. Ein Akt der Verzweiflung aus letztlich, von außen betrachtet, eher nichtigen Gründen. Eine seltsam kopflose Tat, die alle, die den Toten kannten, vor allem erschüttert und traurig zurücklässt. Für Zweifler finden sich zugleich aber auch genügend Hinweise darauf, dass der junge Mann keineswegs aus freien Stücken mit dem Leben Schluss gemacht hat. Wo bitte schön finden sich Abschiedsworte? Warum überhaupt stürzt sich jemand nach einem schweren Autounfall ins Nachtleben, stromert über den Rummel, um anschließend im Hafenbecken zu landen? Was für einen Sinn soll das ergeben? So oder so: Auf die Idee, dass diesem derart abrupten Ende der letzten Nacht wirklich die Nacht der Nächte vorangegangen sein könnte, käme vermutlich niemand. Und keinen würde *das kümmern, nicht die Bohne. Die ermittelbaren Hintergründe werden wohl niemals die ganze Geschichte erzählen können ...*

Also, noch mal von vorn …

DIE LETZTE NACHT

(RÄUBERPISTOLEN-VERSION)

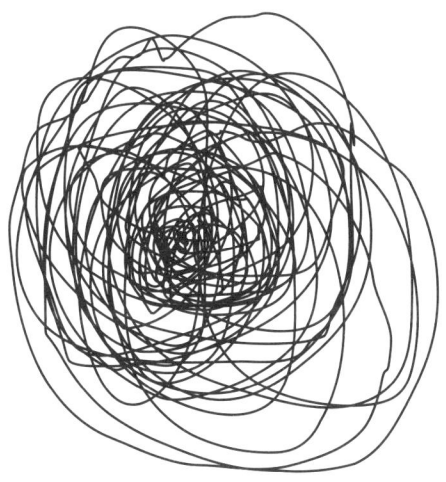

RUCKSACK

Der Himmel über mir wechselt vom tiefen Dunkelgrau zu etwas Hellerem, einem schmutzigen Blau, das langsam in Pastellfarben übergeht. Der Morgen schleicht sich heran, die Stille der Nacht zieht sich zurück, macht Platz für die ersten Rufe der Vögel.

Hinter mir, in unserem Haus, schläft noch alles.

Ich ziehe meine Füße hoch und setze sie auf die Kante des Terrassenstuhls, wippe ein wenig hin und her, das Holz unter mir knarrt leise. Der Wind streicht über die nackten Arme. Es riecht nach feuchtem Gras, nach Erde.

Neuerdings ist da diese namenlose Unruhe in mir. Während der Nächte scheint das Gewicht der Bettdecke beständig zuzunehmen. In der Brust baut sich ein Druck auf, der sich anfühlt, wie ein Orchester beim Einspielen klingt.

Ich kenne so etwas nicht.

Unbeschwerte Kindheit und Jugend: So nennt man das ja wohl, wenn einem nichts einfällt, worüber man großartig klagen könnte. Das Leben hat mir ein lächerlich gutes Blatt auf die Hand gegeben. Damit schlecht zu spielen, wäre schon eine große Kunst gewesen.

Ich habe immer prima geschlafen.

Warum das plötzlich nicht mehr funktioniert? Ich schrecke laufend hoch und mir ist, als stünde ich mitten auf einer Brücke, von der niemand weiß, ob sie zu Ende gebaut werden soll oder einfach ins Nichts führt.

Ich muss dann raus aus meinem Zimmer, ins Freie.

Durchatmen, mich ein bisschen bewegen.

Bis die Gedanken aufhören zu kreisen. Bis ich es schaffe, mich auf etwas außerhalb meines Kopfes zu konzentrieren: ein Tropfen Tau an einem Halm, ein sich wiegendes Blatt im Wind oder die Kälte unter den Fußsohlen.

Erst dann kann ich mich hinsetzen.

Um Rat habe ich niemanden gefragt, wozu auch?

Der gute Ratschlag meiner Eltern wäre gewesen: «Lass dir Zeit. Du musst einfach mal wieder richtig zur Ruhe kommen, dann ist alles in Ordnung.»

Die Ratschläge der Leute aus meiner Schule wären gewesen: «Ablenken. Den Verstand ausschalten. Einfach mal alles rauslassen.»

Der dicke Armin hat mir mal von seiner Lust erzählt, etwas kaputt zu machen, sobald er das Gefühl hat, dass er feststeckt. Eine Flasche, gefüllt mit zuckrigen Trinkkalorien, mit aller Wut und Kraft gegen eine Wand pfeffern, wenn sein Wille schwach wird. Ein Schulbuch im Löschteich versenken. Wahlplakate von rechten Parteien mit einem Baseballschläger zertrümmern. Hat er mehr als einmal gemacht. Blanka und Lukas waren auch schon dabei.

Cleo wiederum hat alte Narben vom Ritzen an ihrem Arm. Sie behauptet, nichts hat ihr je mehr Frieden geschenkt als abklingender Schmerz.

Ich käme mir bei all dem lächerlich vor. Wie ein Schauspieler, der seine Rolle nicht versteht. Das wäre nicht meins.

Ich strecke mich, schiebe den Stuhl ein Stück zurück, greife nach meinem Telefon. Blankas Nachrichten von gestern sind noch auf dem Sperrbildschirm: «Entweder du überlegst es dir noch anders. Oder du überlegst am besten zur Abwechslung einfach mal gar nicht, K. Ich nämlich habe mir gerade überlegt, dass ich dir einen Tanz schulde.»

Das war die erste.

Und die zweite: «Zum Dank, K. Für deine Verschwiegenheit, dafür, dass du so ein Lexikon bist, fürs da sein. Du kannst das. Du tanzt das.»

Ich sehe den Rucksack, halb gepackt, halb bereit.

In den letzten Monaten hat Blanka mich mehr als einmal überreden wollen mitzukommen, wenn sie an den Wochenenden unterwegs war, wenn sie die Nächte im Bunker verbracht hat, wenn sie feiern gegangen ist.

Ich wollte nicht.

Noch weniger wollte ich mich ärgern, dass ich ihre Angebote ausgeschlagen habe, alle, und damit vielleicht doch etwas verpasst haben könnte. Und lange bin ich mir auch sicher gewesen, dass das nie passieren würde.

TERRASSENTÜR

Ich stehe auf, mein Blick trifft die schwache Spiegelung von mir im Glas der Terrassentür. Und für einen Moment überlege ich, wie man das überhaupt macht? Tanzen. Einfach sich bewegen? Aber jedes Mal, wenn ich es versuche, fühlt es sich falsch an, zu gewollt.

Ich schiebe die Füße langsam hin und her, versuche, einen Rhythmus zu finden, aber die Schritte wirken hölzern, stockend. Meine Arme baumeln nur steif am mir herunter, und wenn ich versuche, sie mitzunehmen, wirkt es, als würde ich einen Roboter nachmachen, der darauf programmiert wurde, menschliche Emotionen in Maschinenbewegungen zu übersetzen.

«Sieht doch gut aus», murmele ich vor mich hin. Mit der schiefen Grimasse eines mitleidlosen Zynikers.

Dann lasse ich die Arme sinken, drehe mich von der gläsernen Tür weg und schaue in die Ferne, wo die runden Baumkronen entlang der Allee an unsichtbaren Fäden im Morgenlicht zu hängen scheinen wie frisch aus dem Frühnebel gefischte Kugeln, schimmernd und zerbrechlich.

In diese Richtung sind die anderen bereits gestern aufgebrochen. Lukas und einige der Sportlichen sogar mit den Rädern.

Blanka hat noch einen Arzttermin heute morgen. Sie wäre bereit, mich auf dem Weg einzusammeln, damit ich doch noch dabei sein kann, bei der Abschlussfahrt. Letzte Chance.

Ein Lufthauch streicht mir übers Gesicht, kitzelt im Nacken.

Der Geruch des Gartens, die Geräusche des Tages, der sich anbahnt – alles wird schärfer, klarer. Auch die Fragen im Kopf. In der Schule habe ich immer gewusst, was von mir erwartet wurde. Aber was erwartet man nun von mir, nachdem dieses Kapitel abgeschlossen ist?

Und wer überhaupt?

«Wer?», frage ich und drehe mich wieder zu meinem Spiegelbild um, «hm?!»

Es antwortet nicht.

Ich tanze trotzdem noch eine Runde mit ihm, bevor ich reingehe. Vertreibe mir mit Lesen die Zeit, bis im Haus langsam das Leben erwacht.

Als Blanka draußen zweimal hupt, tragen meine Eltern noch Schlafanzüge und schlurfen in der Küche herum, hantieren am Wasserkocher und fahnden im Kühlschrank nach Frühstückszutaten. Müdes Tageslicht quält sich an den Gardinen vorbei durch die Fenster, ich schultere den Rucksack und bin nach Wangenküssen und kurzer Verabschiedung los.

Jahrelang ist Blanka morgens auf dem Weg zur Schule mit dem Rad an unserem Haus vorbeigefahren. Ich habe dann damit angefangen, rechtzeitig auch mit dem Rad bereitzustehen.

So wurde es zur Gewohnheit.

Ich glaube nicht, dass meine Gegenwart ihr lästig war. Es hätte auch andere Strecken gegeben. Später, mit Führerschein und Auto, wäre es für sie genauso möglich gewesen, etwas an der gemeinsamen Routine zu ändern.

Aber sie hat mich morgens immer abgeholt, hat vor unserem Grundstück gehalten und zweimal gehupt.

.

GUMMIBÄREN

Die endlose Melodie der summenden Reifen. Wolken hängen im Himmel wie zerrissene Wattebäusche. Vorbeiziehende Felder: hochstehender Mais und reifes, sich wiegendes Getreide.

«Wenn man nicht ‹Schafe› sagt, wenn man an Schafen

vorbeifährt, stirbt man», sagt Blanka unterwegs zum Campingplatz am Meer.

«Was ist mit Rehen?», frage ich.

«Dasselbe.»

So rufen wir andauernd Tiernamen. Das hilft vorübergehend. Es ist leider leicht, sich unwohl zu fühlen während der Fahrt. Nicht wegen des albernen Spiels. Das ist in Ordnung. Aber der Gedanke hilft natürlich kein Stück, dass es nicht mehr viel Zeit allein mit Blanka geben wird.

Und das ist nur einer von mehreren Gründen.

Ich betrachte sie von der Seite. Es gibt die Bienenkorbfrisur nicht mehr. Die ist bereits im Laufe des letzten Jahres verschwunden. Heute ist davon nichts mehr zu sehen, kein Fitzel Haar. Blanka trägt ein Bandana, das direkt über der Stirnnarbe beginnt.

«Warum genau feiert man», frage ich, «und warum fährt man dafür auf einen Campingplatz ans Meer?»

«Ach, K.»

«Erklär's mir doch noch einmal. Erst die Mottotage, dann der Ball, jetzt die Abschlussfahrt. Was bringt das?»

«Pass auf …», sagt sie, nimmt eine Hand vom Lenkrad, greift nach der offenen Tüte mit Gummibären in der Mittelkonsole und bietet sie mir an. Ich nehme brav ein paar, werfe sie in den Mund, und der süße Geschmack vermischt sich mit der Bitterkeit, die sich nicht vertreiben lassen will. «Und?»

«Und?!», frage ich zurück.

«Hast du das gespürt, das leichte Zupfen an den Synapsen, das flüchtige Glück beim Probieren?»

«Das gute alte Blutzuckerspiegelspiel», sage ich, «das Gehirn kriegt mit, wie der Pegel steigt und gibt sofort den Befehl, Dopamin auszuschütten.»

«Da hast du es.»
«Ein Hormonkick.»
«Letztlich geht es doch darum, K., sich lebendig zu fühlen.»
«Aber wir sind doch lebendig.»
«Du weißt, was ich meine. Wenn du feierst, vergisst du alles.»
«Alles?»
«Den Alltagsballast. Die graue Gegenwart, die wacklige Zukunft. Es geht dann nur noch um das Verlangen, so richtig loszulassen, nur noch um den Moment. Die Musik, die Leute, das Gefühl, dass gerade alles möglich ist. Den Rest schüttelst du ab, alle Vernunft, alles Belastende. Schwer in Worte zu fassen. Das Herz strampelt vor Glück.»

«Aha», gebe ich zurück, «die Nähe zu Fremden im Gedränge der Leiber stelle ich mir eher beängstigend vor.»

«Du weißt offenbar wirklich nicht, was ich meine.»

Ich zucke mit den Schultern. «Ich habe keine große Erfahrung. Aber es erinnert mich ein bisschen an diese Geschichte, die du in dem Workshop damals angefangen hast. Erinnerst du dich?»

«Du meinst den Workshop in der Projektwoche bei dem Schriftstellertypen mit der Schiebermütze und dem Bart? Wo wir mit diesen drei Techniken Was-wäre-wenn-Prämissen entwickelt haben?»

«Genau. Und da hast du diese Geschichte geschrieben über die Teenager, die bereit waren, für das ultimative Gefühl zu sterben.»

«Ich erinnere mich. Aber du lenkst ab.»

«Sehe ich eigentlich nicht so. Doch wenn du willst, gebe ich gerne noch mal zu, dass ich wenig gefeiert habe, bisher. Vielleicht fehlt das Verlangen?»

«Vielleicht muss das einmal geweckt werden?» Blanka drückt ein bisschen mehr aufs Gas.

«Vielleicht will das Dopamin ja manchmal einfach nicht so, wie man es gerne hätte. Kann ja immer sein, dass es Leute gibt, die anders sind.»

«Das Drama des begabten Kindes?»

«Das lass ich mir nicht einreden. Nö.»

Es wundert mich, dass sie mich damit triezt. Das tut sie sonst nie. Doch da sagt sie auch schon: «Ich nehme es zurück. Das war nicht fair. Aber auch du bist jung. Jetzt wird gefeiert, weißt du. Jetzt muss es sein.»

«Und wenn man sich überhaupt nicht in Stimmung fühlt für große Ausgelassenheit?»

Damit wird es langsam heikel, das spüre ich. Der Wagen wird in der nächsten Kurve ein wenig aus der Spur getragen. Blanka muss gegensteuern. Man kann und darf mit ihr über so gut wie alles diskutieren, auch stundenlang, solange die gefährliche Zone tabu bleibt.

Ist eine Verabredung zwischen uns.

Doch offenbar scheint meine Sorge gerade unbegründet. Sie schaut rüber zu mir auf den Beifahrersitz, ein leichtes Lächeln auf den Lippen. «Wenn dir es nicht reicht, jung zu sein, dann feierst du eben trotzdem. Die kleinen Dinge, die gut laufen. Dass du jemanden wie mich kennst, zum Beispiel.»

Im Fensterrahmen hinter ihr wischen Felder und Wiesen vorbei. Darauf, leicht verschwommen, wollige Flecken.

Ich halte mich am Griff über der Tür fest.

Schafe, denke ich.

KUGELSCHREIBER

Am späten Nachmittag ziehen wuchtige Wolken am Horizont auf, kommen übers Meer aufs Land zu. Doch der Sand ist noch angenehm warm vom Tag. Ich gebe mir Mühe, der Abschlussfahrt eine faire Chance zu geben, keine Spaßbremse zu sein, die Eindrücke einfach als Beobachter zu sammeln.

Ein paar der Mädchen stecken sich Stapelchips wie einen Entenschnabel in den Mund und fotografieren sich. Großes Gekreische.

Einer der Obersaufköpfe hat eine Wasserpistole, gefüllt mit Apfelkorn. Er schießt sich immer wieder in den Mund. Rülpst und ruft: «Peng! Peng!»

Man könnte hin und wieder meinen, Zeuge eines völlig entgleisten Kindergeburtstags voller seltsamer Gäste zu sein.

Ein Grüppchen tanzt zur Musik am Strand, das heißt, leicht peilo hüpfen sie herum, werfen die Arme in die Luft, wedeln mit Federboas, klimpern mit ihren verlängerten Wimpern, stoßen merkwürdige Laute aus.

Ich fühle mich fehl am Platz, unbeholfen. Nicht, dass ich etwas anderes erwartet hätte. Allerdings scheint es Blanka nichts anders zu gehen, und das wundert mich dann doch. Mit ihr stimmt etwas nicht. Ich finde sie an ihrem Zelt. Sie sitzt im Schneidersitz vor dem Eingang, hat einen Kugelschreiber in der Hand, schreibt mit der rechten Hand Wörter auf den linken Unterarm.

«Was ist los, Blanka? Habe ich dich angesteckt? Das war keine Absicht.»

Sie schüttelt den Kopf. «Vielleicht ein Fall von: falsche

Zeit, falscher Ort? Wie ist es für dich? Eine sehr große Qual?»

«Ich bin nicht superbeeindruckt», sage ich und setze mich ihr gegenüber, «aber ich komme schon klar.»

Sie blickt nicht auf, kritzelt mehr Wörter auf die Haut: «Zu schade wirklich, dass ich dir nie den Bunker schmackhaft machen konnte.»

«Den Ort mag ich nicht.»

«Wie kann das sein? Ich mag ihn. Du magst mich. Außerdem hast du ihn noch nie von innen gesehen.»

«Ich pass doch überhaupt nicht zu den Menschen, die im Bunker feiern. Das bin nicht ich.»

«Wer bist du denn?»

«Das wüsste ich auch gerne. Vorschläge?»

Sie zieht die Schultern leicht hoch, ein kleines, schwaches Lächeln auf den Lippen, das nicht ganz zu ihrem Gesicht passt. «Ab sofort sind wir frei, uns das auszusuchen, K. Und ich schlage vor, als erstes verabschiedest du dich mal besser von der Idee, dass andere dir da groß weiterhelfen können. Du solltest schleunigst anfangen, dir die Schule abzugewöhnen.»

«Das nehme ich gerne als Hausaufgabe mit», sage ich.

Ein Witz. Vielleicht kein Brüller. Aber Blanka schüttelt nur den Kopf. «Mein Tipp für die Hausaufgabe: Frag dich dabei mal, wer du denn gerne wärst. Ich meine, man könnte zum Beispiel denken, du wärst gerne ein Feigling.»

«Weil du denkst, ich hätte mich gedrückt. Aber ich finde es nun einmal absurd, feiern zu gehen, um einfach nur zu feiern.»

Sie lässt für einen Moment das Schreiben sein, schaut auf: «Wenn das Leben nicht absurd wäre, wären wir unfreie Spielfiguren, K., müssten stur einem Plan folgen, uns fremden Mächten unterwerfen, wie Wäsche auf der Leine, wie Ebbe und Flut.»

«Also unterwerfen wir uns stattdessen der Musik? Dem Rausch?»

Da ist etwas in ihrem Blick, etwas, das ich bis dahin nicht gesehen habe – oder vielleicht nie sehen wollte. Etwas Verborgenes, Abgründiges. Plötzlich scheint jedes Wort von ihr in meine Haut zu schneiden. «Okay, ich verrate dir jetzt die Wahrheit. Weißt du, warum ich dich gerne mit in den Bunker genommen hätte, wenigstens einmal? Ich war neugierig. Ich wollte wissen, was passieren würde.»

«Wie bei einem Experiment. Mit mir, dem Feigling, als Versuchsperson. Weißt du denn nicht sowieso, wie ich mich verhalten würde?»

«Weiß ich das?»

«Immerhin bin ich ja jetzt hier. Und? Sieht nicht danach aus, als würde ich groß eskalieren.»

«Du bist ein Spinner, K. Du wolltest immer alles richtig machen. Was leicht gewesen ist, weil du bisher alles immer unter Kontrolle hattest. Was aber tust du in einer neuen, ungewohnten Situation? Mit völlig unvorhersehbarem Ausgang? Wenn es kein Richtig und kein Falsch gibt?»

«Dich enttäuschen.»

«Warum denkst du das? Du könntest ja auch über dich hinauswachsen, dich selbst überraschen. Und damit auch mich, verstehst du? Stell dir das nur mal vor, du feierst, als würde es kein Morgen geben, du erlebst die Nacht der Nächte. Ich müsste mein Bild, das ich von dir habe, korrigieren. Das hätte etwas enorm Befreiendes. Tröstliches. Alles Unerwartete im Leben macht Mut, gibt Hoffnung.»

Sie streckt ihren linken Arm zur Seite aus. Es ist nicht ganz klar, ob sie mir ihr Werk zeigen will oder es einfach selbst betrachtet. Zu lesen sind nur drei Worte, kreuz und quer über die Haut verteilt. *Alles außer Kontrolle*, steht da. Immer und immer wieder, zum Teil wild durcheinander. Manchmal auch mit Komma: *Alles, außer Kontrolle*. Manchmal mit Punkt: *Alles. Außer Kontrolle.*

«Die Nacht der Nächte?», frage ich. «Das wäre dann ein Erlebnis, das es logisch nur ein einziges Mal geben kann. Aber das hatten wir heute ja schon: Das ist wie in deiner Geschichte, auch wenn du das nicht hören willst.»

«Vielleicht, K., sollte man diesen Anspruch wirklich mal stellen und ernst nehmen.» Blanka beißt sich auf die Unterlippe. «Was, wenn wir uns wirklich zu sehr darauf verlassen, dass es immer ein Morgen gibt? Meinst du, das ist das Problem, dass wir uns zu sicher sind?»

HOLZ

Blanka piekt den Kugelschreiber in den weichen Sand, wo er dann steht wie ein Miniaturleuchtturm. Dann gesellen sich Cleo und Armin zu uns, auch noch ein paar andere Leute. Sie kommen vom Strand, um einen Happen zu essen und Getränkenachschub zu holen.

Es bildet sich ein kleiner Sitzkreis vor Blankas Zelt.

Es wird über die Pläne gesprochen, die alle außer mir haben. Alle scheinen voller Vorfreude. Und sie scheinen sich auch sehr einig zu sein: Es ist die Zeit des Träumens und Planens, der Moment unfassbar riesiger Möglichkeiten.

Sie gestikulieren wild.

Sie feuern Lachsalven in die Runde.

Es geht um Umzüge, Routen für Roadtrips, Zusagen von Unis.

An der Innenseite meiner Rippen nagt etwas mit langen schiefen Zähnen. Ich beuge mich vor, binde mir die Schnürsenkel neu, fester, um meine Hände zu beschäftigen und meinen Blick senken zu dürfen.

Stimmt sicherlich nicht, aber kurz habe ich sogar das Gefühl, alle jonglieren absichtlich mit Worten der großen Erwartungen, um mich herauszufordern. Weil sie mich Streber endlich mal an einem Punkt zu erwischen glauben, an dem sie im Vorteil sind. Mit besseren Noten warten schließlich nicht die besseren Abenteuer auf einen. Für außergewöhnliche Erlebnisse muss keiner üben, dafür muss man nur bereit sein.

Aber letztlich ist es ihnen wohl einfach egal, dass ich mich nicht einmische. Auch Blanka hält sich eher zurück.

Und nach einiger Zeit des Herumphilosophierens fällt den meisten auch wieder ein, weshalb sie eigentlich hier sind.

Kronkorken ploppen in die Luft, Flaschen klirren gegeneinander.

Die Musik am Strand wird lauter.

Es dämmert.

Der Kreis vor Blankas Zelt schrumpft wieder.

Ich ziehe den Kugelschreiber aus dem Sand, spiele ein bisschen damit herum und nutze die Gelegenheit, um die anderen auszuhorchen, was ihrer Meinung nach die Nacht der Nächte ausmachen würde.

«R, T, S», sagt Armin, löffelt kalte Ravioli in Tomatensauce aus einer Dose.

Cleo nickt: «Rausch, Tanz, Sex. Die heilige Dreifaltigkeit des Partymachens eben.» Sie zündet sich eine Zigarette an. «Aber es muss schon echter Rausch sein, nicht dieser ‹Ich trinke, um betrunken zu sein›-Quatsch. Wie hier.»

«Die Mucke muss passen», findet Armin.

«Egal wo?» Ich lehne mich etwas vor, als könnte ich so die Antwort schneller aus ihnen herauskitzeln.

«Wahrscheinlich nicht. Was hast du vor, Kester? Du tust ja, als wäre das irgendein Ritual. Als würde um Mitternacht ein geheimes Zeichen am Himmel erscheinen und du musst nur dabei sein.»

Blanka sagt: «K., es gibt kein Arbeitsheft zu diesem Thema.»

Die anderen lachen.

Ich sage: «Wahrscheinlich kommt es vor allem aufs Ende an. Es müsste der Höhepunkt sein. Wenn man feiert, als gäbe es kein Morgen, und dann kommt aber doch wieder einer, das wäre ja schon ziemlich öde.»

Cleo pustet Rauch in meine Richtung: «Wie meinst du das denn?»

«Es darf danach nichts mehr kommen», sage ich, «nur die letzte Nacht kann auch die Nacht der Nächte sein.»

«Ach, K.» Blanka schüttelt den Kopf. «Kommt, lasst uns Holz sammeln und ein wenig von der Düsternis in uns und um uns herum vertreiben.»

Wir gehorchen und folgen ihr in die Dünen.

Entdecken eine kleine Mulde mit Blick aufs Meer, tragen dort zusammen, was wir an Brennbarem so finden.

Blanka kniet sich in den Sand, schichtet kleinere Zweige zur Pyramidenform auf. Ein Stück Baumrinde, ein Streichholz. Wie die Funken kurz darauf in die Höhe schießen, wie das Holz knistert. In dem Licht sieht Blanka aus wie eine Statue aus Bronze.

Sie steht auf, wischt sich Sand von den Knien.

Eine Stimme hinter uns sagt: «Und alle Feuer werden Asche.» Ein größeres Scheit landet in den Flammen, spendiert und platziert vom Besitzer der Stimme. Und die gehört unverkennbar zu Lukas.

SCHÜLERAUSWEIS

Lukas legt den Arm um Blanka. Sie schmiegt sich gegen seinen Körper. Wird ihr guttun, freut mich für sie. Und Lukas ist ja auch in Ordnung. Er wirkt immer ein bisschen wie ein Abenteurer. In Gegenwart von Langweilern wie mir reichen da schon ein roter Motorroller, ein winziges Carpe-diem-Tattoo auf dem Schulterblatt und ein Trip auf eigene Faust durch Peru oder Puerto Rico in den letzten Sommerferien. Ich habe mir das Land nicht gemerkt, etwas mit P jedenfalls, wo Einheimische ihm angeblich beigebracht haben, wie man Traumfänger bastelt.

Blanka und er waren nie ein Paar, mögen sich aber schon länger. Das weiß ich. Wieso es nie geklappt hat, geht mich natürlich nichts an. Und ich rätsele schon länger, ob sie ihn wohl auf Abstand hält, um ihn zu schützen.

Lukas ist diese Sorte Mensch, dem Sympathien so zuzufliegen scheinen.

Der Applaus nach seiner Rede in der Aula war mehr als bloß höflich. Obwohl er sich von mir nicht davon hat abbringen lassen, am Schluss auch noch den inhaltlich gewagten Sprung anzuschließen zur üblichen Warnung vor dem angeblichen Horror der Leistungsgesellschaft. Von wegen, dass wir, die Jungen, ja aufpassen müssen, den Prinzipien des Wettbewerbs, die uns die Schule eingeimpft hat, nicht kritiklos bis ans Ende unserer Tage zu folgen. Wobei er dann seinen Schülerausweis als theatralischen Höhepunkt auch noch in Flammen gesetzt hat.

Der Ausweis war nicht mal echt, nur eine Kopie. Die Dinger sind ja auch aus Plastik und würden höchstens ankokeln und schmelzen.

«Was diskutieren wir denn heute hier am Feuer, Kester?», fragt er.

«Das Ultimativitätsprinzip? Die Grundlage für das Erlebnis der Nacht der Nächte und echte Lebenshöhepunkte?», schlage ich vor. «Wäre auch etwas für eine erstklassige Abi-Rede gewesen.»

Da pfeift er durch seine vielen Zähne: «Komm, Kester, lass hören.»

HANDTÜCHER

Kann sein, dass ich mich ein bisschen zu sehr hineinsteigere. Ich merke auf jeden Fall, wie es mich wurmt, dass Lukas erst so tut, als würde er sich auch für die Sache begeistern, sie dann aber als bescheuertes Gedankenexperiment abtut. Vor allem kommt er auf einmal mit dieser lahmen Begründung um die Ecke, dass er keine Lust habe, sechzig Jahre herzuschenken, wie er meint, einfach nur für eine einzige Nacht, für einen einzigen Dopaminrausch.

Was mal wieder beweist, dass er argumentativ quasi nur im Leichtgewicht unterwegs ist. Ich sage: «Du verstehst den Punkt offensichtlich nicht. Wer sich wirklich nach einer ultimativen Lebenserfahrung sehnt – müsste der nicht auf jeden Fall bereit sein, dafür zu sterben? Denn es kann ja alles nicht ultimativ sein, wenn danach womöglich noch ‹ultimativere› Erlebnisse folgen.»

Das Feuer knackst und spuckt immer wieder Fünkchen in die Luft.

Lukas sagt: «Das ist ein radikales Gedanken-Experiment, das stimmt. Weil wir ja ahnen: Erwachsenenleben ist oft auch langweilig. Oft auch stumpf und bestimmt von Routinen. Die Sache ist nur, tot ist tot.»

Ich werde daraufhin behaupten, dass einem das hinterher ja sowieso egal sein könnte. Ein Hin und Her wird folgen. Was vor allem Lukas echt auf die Nerven geht, als ich erkläre, dass man niemandem, auch den Angehörigen nicht, wegen seiner Entscheidungen etwas schuldig wäre.

Und am Schluss?

Am Schluss werden wir auch persönlich.

«Na gut. Streber durch und durch», wird er mir an den Kopf werfen.

«Immer noch besser als Schwafler durch und durch», wird meine Antwort sein. Und ich will Lukas bestimmt nicht die Schuld in die Schuhe schieben für das, was dann passiert. Er hat sich schon sehr korrekt verhalten. Obwohl er mich sicherlich auch nicht für voll genommen hat.

Der Satz: «Zum Töten braucht man Leidenschaft, Kester», fällt.

Leidenschaft traut Lukas mir offenbar nicht zu. In dieser Hinsicht hält er mich bestimmt für eine Null. Ich finde das ein bisschen lustig. Bin ich ein Mensch ohne Leidenschaften?

Niemand in der Runde wird ihm jedenfalls widersprechen. Ich werde stiller werden und Lukas wird mich fragen, ob er mich einmal umarmen dürfe.

Ich sage: «Nein.»

Ich bin ein bisschen überrumpelt, als alle lachen und er es doch tut. Mir brummt inzwischen auch ein wenig der Schädel.

Nach und nach kommen wir dann ab von unserem ursprünglichen Thema. Es dauert jedenfalls nicht lang, und Lukas fängt an, von seinen nächsten Reiseplänen zu erzählen. Weil ich schnell abschalte, werde ich das allerdings nicht mehr genau mitbekommen. Guatemala oder Georgien, ein Land mit G, wenn ich mich nicht täusche.

Am Ende wird Lukas vorschlagen, eine Runde im Meer schwimmen zu gehen. Und im Schein des Feuers leuchten Blankas Augen begeistert auf. Die beiden verschwinden, wollen Handtücher aus den Zelten holen. Armin hängt sich an sie dran. Ich fühle mich ein bisschen wie ein Zuschauer in einem Film. Ich sehe sie, höre sie, aber ich bin nicht Teil des Ganzen. Es ist, als ob eine unsichtbare Barriere mich von ihnen trennt.

Nur Cleo bleibt mit mir am Feuer und zündet sich noch eine Zigarette an.

Wir schweigen.

Ich stelle mir den nächsten Tag vor, und den danach und den Rest meines Lebens. Das heißt, ich versuche es. Mir fällt nichts Aufregendes ein, mir fällt so gut wie gar nichts ein.

«Gutes Gespräch», sagt Cleo, pustet Rauch in die Luft.

«Ich weiß», sage ich.

Nach einer Weile entschuldige ich mich dann, um mal pinkeln zu gehen.

HALSKRAUSE

Ich werde ein erstes kurzes Zupfen an den Synapsen spüren, als ich mich in Blankas Auto setze. Der Geruch von Gummibären liegt noch in der Luft. Ich werde unterwegs keine Träne vergießen, aber kurz werden die Augen dann doch feucht, als ich den Fotostreifen entdecke: Blanka und ich. Ich werde das Radio abschalten, damit es nicht schlimmer wird.

Der Unfall.

Das geschrottete Auto.

Das Blaulicht des Rettungswagens.

Die Sanitäter, die aus dem Fahrzeug springen und sich um mich kümmern: Das ganze Warum und Drumherum interessiert sie kein Stück. Allergien fragen sie ab. Spekulieren darüber, ob es Verletzungen an der Wirbelsäule gibt oder innere Blutungen, führen einen kompletten Bodycheck durch.

Auf der Fahrt spreche ich mit dem einen Typen, der diese gut riechenden Handschuhe trägt, über die Schule. Er hat einen wilden Wuschelkopf und so eine besonders positive Ausstrahlung.

Vermutlich gehört ein Helfersyndrom bei Leuten mit solchen Berufen ja zur Grundausstattung. Ich weiß nicht, ob es ihn glücklicher macht, einen von der Straße gekratzt zu haben, dem großmaulige Mitschüler gerne Spitznamen wie Professor, Braniac und Schlauschiss an den Kopf geworfen haben. Aber ich bilde mir ein, ein bisschen berührt es ihn schon.

Anders als die Gleichaltrigen finden Erwachsene das meist echt gut, wenn jemand die Redox-Reaktion kennt und die Prinzipien der Mendelschen Vererbung herbetet, als sei das so einfach wie ein gereimtes Kindergartenlied.

Vielleicht gibt ihnen das ein bisschen mehr Glauben an die Zukunft?

«Meinen Sie, mit meinem Kopf kann ich noch was anfangen?», frage ich und nestle ein bisschen an der Halskrause herum. «Was, wenn ich ein schweres Schädel-Hirn-Trauma habe – mit Blutungen?»

Mir ist klar, dass er nichts versprechen darf. Die werden bestimmt während der Ausbildung auf solche Sachen gedrillt. Trotzdem sagt er: «Ich muss zugeben, im Vergleich zum Auto gibst du den deutlich besseren Anblick ab. Stand jetzt würde ich sagen: Das hätte ganz anders ausgehen können.»

ETIKETT

Der Wuschelkopf klatscht mich nach Übergabe im Krankenhaus ab, bevor er zum nächsten Einsatz aufbricht, zurück in die Nacht muss.

Ich werde aus der Notaufnahme türmen.

U-Bahn-Fahrt.

Anstehen am Bunker.

Begegnung mit Bruno.
Kim.
Der Joint auf dem Glascontainer.

Als ich den ersten Zug davon nehme, stopft sie mir das Etikett meines T-Shirts in den Kragen zurück. Sie findet es sehr lustig, dass es mit meinem Namen beschriftet ist.

Kim wird mir ihren Truppenausweis zeigen und erzählen, dass sie im letzten Jahr nach der abgebrochenen Schule planlos gejobbt hat, bevor sie sich für vier Jahre als Soldatin verpflichtet hat. Sie wird mehr und mehr trinken, für sich ein Plüscheinhorn und für mich eine Rose schießen.

Ich werde mich im Stillen fragen, warum sie sich zu betäuben versucht, ob es allein die Todesangst vor dem ersten gefährlichen Einsatz ist.

Erst wird mir das sehr schlüssig erscheinen.

Ich werde ihr etwas von Blanka erzählen – zum Beispiel, dass Blanka plant, im Herbst zum Studium nach Hamburg zu kommen.

Was mich kurz aus dem Konzept bringen wird.

Ich kann mir das gut vorstellen. Ich stelle mir aber praktisch automatisch auch vor, wie Blanka dann den Bunker mit anderen Augen sieht, vielleicht sogar meidet. Meinetwegen.

Der Herbst.

Das ist bereits die nächste Jahreszeit.

So nah. So fern.

Unerreichbar weit weg in diesem Moment.

Indirekt werde ich Kim von meinem Vorhaben für die letzte Nacht erzählen.

«Gibt es einen Grund?», will sie wissen und spielt an ihrer Erkennungsmarke herum, wickelt die Kugelkette um ihren Finger, lässt den ovalen Anhänger kurz los und schnappt ihn sich dann wieder.

Metall klirrt gegen Metall.

«Es gibt tausend Gründe. Es gibt keinen», sage ich, «darum geht es nicht. Letztlich geht es eigentlich nur darum, einmal, eine letzte Nacht lang, das Leben in vollen Zügen auszukosten und am Ende nicht klein beizugeben. Jahrelanges Artigsein habe ich hinter mir.»

«Alter, weißt du wie das klingt? Das klingt fast, als wärst du so gefühllos wie ein eingeschlafener Fuß», sagt sie.

«Wer nichts fühlt, fühlt sich wenigstens auch nicht schlecht», sage ich. Finde aber selbst, dass sich das sehr aufgesetzt anhört. Füge deshalb noch hinzu: «Du hast Angst vor dem Tod, hast du vorhin gemeint. Ich habe keine. Habe ich einfach nicht. Ich nehme an, der Zustand danach dürfte einem friedlichen, traumlosen Schlaf sehr ähnlich sein.»

«Da hast du mich aber falsch verstanden», gibt Kim zurück, «um die Angst vorm eigenen Tod geht es nicht, sondern um die Angst vor dem der anderen. Ich will einfach nicht erleben, wie Leute sterben, die meine Leute sind. Das ist für mich der Albtraum.»

«Ja», sage ich. Denn das kann ich nachvollziehen.

«Gut», sagt Kim, «bringen wir uns auf andere Gedanken.»

Kim wird mich runter an die Landungsbrücken lotsen. Auf einem Ponton wird sie die rote Pille aus dem silbernen Döschen nehmen. Ich die blaue. Sie wird ein Video von sich und mir machen. Kräne im Hintergrund. Möwengeschrei. Ich werde sie noch fragen, wieso sie mich angesprochen hat. Sie wird antworten, dass Bruno sie instruiert hätte. «Schräger Kerl. Aber was will man erwarten, wenn sich jemand als Engel ausgibt, oder? Und er hatte die Wette nun mal gewonnen.»

«Echt? Hat er dir auch extra dieses Döschen mit den Drogen gegeben?»

«Das würdest du mir wohl auch abkaufen, was?! Nein, nein. Das ist mein Zeug, Dummie. Ich hatte einfach Lust, es mit dir zu teilen.»

Ich werde nicht mehr wissen, was ich glauben soll. «Was stimmt denn nun?», werde ich fragen.

Dann wird Kim wie aus dem Nichts einen Anfall haben. «Meine Lippen fühlen sich an wie aus Wachs. Hier, halt mal …», wird sie sagen, mir das Bier in die Hand drücken.

Sie wird plötzlich Schaum vorm Mund bekommen.

Der Beinah-Sturz ins Hafenbecken.

Die Lichter, die sich im dunklen Wasser spiegeln.

Ich werde neben Kim knien.

Ob vielleicht etwas mit dem Fischbrötchen nicht in Ordnung gewesen ist, werde ich zuerst denken. «Hast du eine Allergie?», frage ich.

Kurz denke ich, es könnte schlimm enden. In ihrem Fall käme mir das falsch vor. Und mich bringt das richtig aus dem Gleichgewicht, weil mir das einen echten Schrecken einjagt.

Sie ist doch noch so jung, denke ich, sie hat etwas vor.

Doch Kims Kameraden rücken dann bald an und haben ihren großen Auftritt, und danach sitze ich auf einmal allein auf einem Poller am Pier. Mit einer fast leeren Flasche in der einen Hand. Und einer blauen Pille in der anderen. Über mir der Mond, der zwischen den Wolken hervorlinst.

Neben mir eine Möwe, die mir Gesellschaft leistet.

Aus Scherz taufe ich sie Bruno. Natürlich nur für mich, ist ja auch sonst niemand da. «Möwe», sage ich laut.

EINKAUFSWAGEN

Das ferne Rauschen der Stadt im Rücken. Ich hebe den Flaschenhals, richte ihn so aus, dass der Mond dahinter verschwindet. Durch das Glas sieht er aus wie der Fleck auf einer Kameralinse.

Einmal an einem Morgen vor der Schule hat Blanka vor unserem Grundstück in den Himmel geschaut. Schon länger her.

Während ich mein Rad durch die Pforte manövriere und auf Blanka zulenke, fragt Blanka mich, warum er überhaupt noch zu sehen ist.

Es liegt daran, habe ich ihr erklärt, dass der Mond auf sturer Bahn unterwegs ist, er folgt seinen eigenen Regeln, egal, ob Tag oder Nacht, kennt keinen 24-Stunden-Rhythmus. «Es dauert einfach», sage ich, «bis die Erde sich so weit gedreht hat, dass die Sonne ihn endgültig verdrängt. Und jetzt, am Morgen, teilen sie sich eben den Himmel. Heute zumindest.»

«Ha», sagt sie, «als könnten die beiden sich nicht einigen, wer dran ist.»

Die Luft fühlt sich kühl und frisch an, unser Kaff schläft noch halb. Ein paar frühe Vögel zwitschern, im Nachbarhaus schließt jemand ein Fenster. Und da oben, über den Dächern, schimmert der Mond weiter, blass und müde, als wäre er selbst überrascht, dass er immer noch da ist.

Blanka kneift ein Auge zu, hebt einen Finger in die Luft, fordert mich auf, dasselbe zu tun. Sie nennt es das Mondspiel. Es freut sie, dass sie das blasse Rund auf diese Art unsichtbar machen kann.

«Die Freuden optischer Illusionen», sage ich.

«Der Rausch der beeindruckenden Fähigkeiten von uns Winzlingen, K.», sagt Blanka, «alles Große wird klein, wenn wir nur den richtigen Abstand finden. Und wenn wir wollen, können wir selbst den sturen Mond am Himmel verschwinden lassen.»

Auf die richtige Antwort kommt man in solchen Momenten nicht. Nie. Das denke ich jetzt, gefühlte Ewigkeiten später am Hafen in der Nacht.

Der Geruch von Salz und dem Diesel der Schlepper hängt in der Luft.

Ich schließe die Finger fester um die Flasche. Und ich sage zur Möwe, während ich noch ein bisschen das Mondspiel spiele: «Auch wenn wir nicht wollen, tauchen Dinge, die längst verschwunden waren, plötzlich wieder auf. Manches wird man einfach nicht so leicht wieder los.»

Die Möwe spreizt die Flügel und fliegt weg.

Was allerdings nicht an meinem halblauten Gequatsche liegt, sondern am ziemlich gewaltigen Scheppern eines Einkaufswagens hinter mir, befüllt mit einer Menge Leergut.

Ich drehe mich um.

Was ich für ein Gesicht dabei mache, kann ich nicht genau sagen, aber offenbar kein besonders freundliches.

LEERGUT

Den mit klirrenden Flaschen beladenen Einkaufswagen schiebt eine langhaarige Gestalt in flattrigem Sommerkleid und kurzer Kunstlederjacke. «*Hey there!* Man braucht 17 Muskeln, um zu lächeln, und 34, um böse zu gucken – *did you know that?* Du überanstrengst dich gerade.»

«43!»

«*Excuse me?*»

«Man braucht nicht 34, man braucht 43, um böse zu gucken», sage ich.

In dem Gesicht meines Gegenübers ist jetzt kurz wenig los. Dann hellt es sich auf und erstrahlt bald wie eine Leuchtreklame: «*I like you, dude! You're funny, funny as hell. Ha, ha!*»

Das lange Haar des Flaschensammlers ist blau, sehe ich jetzt, er trägt Dreitagebart, verspielten Ohrschmuck, bunt lackierte Fingernägel, eine altmodische Damenhandtasche über der Schulter und um die Hüften einen Gürtel mit Silberbeschlägen.

Zuerst denke ich, es geht nur um meine Pfandflasche.

Wenig später kenne ich allerdings bereits ungefragt einige Eckdaten der Lebensgeschichte dieses Paradiesvogels. Irischer Vater, deutsche Mutter, aufgewachsen im Wechsel zwischen einem Nest in der Nähe von Dublin und einer norddeutschen Urlaubsinsel. Größte Hobbys als Jugendlicher: Singen, Tanzen und Verkleiden. Mit 20 in Wien von der Schauspielschule geflogen, als eine Hormontherapie ihn aus der Bahn geworfen hat.

Inzwischen sieben Jahre älter, liebt die Nacht und scheut das Tageslicht, hält sich meist mit Gelegenheitsjobs und kleinen Auftritten in Theatern und manchmal auch Statistenrollen im Fernsehen über Wasser.

«Und jetzt möchtest du meine Bierflasche, nehme ich an.» Ich habe mich vom Poller erhoben und halte sie ihm hin. Die Rose, die Kim geschossen hat, steckt in der Öffnung.

«Gleich», sagt er, «ich nehme die natürlich sehr gerne, aber ich bin auch Seelensammler, weißt du, bin neugierig auf Menschen und ihre Geschichten. Und keine Angst, das alles passiert nur im Einvernehmen, versteht sich. Nerve ich dich, verschwinde ich samt meinem drolligen englischen Akzent schneller als ein Anker in den Fluten. Doch, wenn ich darf, möchte ich dir zuerst einmal meinen Namen verraten.»

«Klar», sage ich ein wenig überrumpelt und auch, weil nichts weiter kommt.

Daraufhin wirft sich der Paradiesvogel in Positur, als würde er von mir für einen Modekatalog fotografiert werden wollen. «Gut. Er oder sie – du darfst dir das Pronomen für mich aussuchen.»

Der tiefe Klang der Stimme, das Brusthaar, die Körperstatur. «Er?», sage ich zurückhaltend, versuche, es wie einen Rateversuch klingen zu lassen.

«*He/Him. Great*. Dann Lenny für dich, *my young conservative friend.*»

«Und wenn ich *sie* gesagt hätte?»

«Na, dann wäre es natürlich Lena gewesen», sagt Lenny, «und *she/her*. Dich lese ich übrigens auch als Kerl. Richtig?»

«Kester», sage ich.

«*Kester the molester*», lacht Lenny, «was hältst du davon, mich eine Tour lang zu begleiten, hm? Dunkle Wasser entwickeln auf einsame Menschen schnell *such a strange at-*

traction. Du willst in dieser lauschigen Nacht doch wohl nicht freiwillig zu Fischfutter werden …»

Ich zögere. «Ich muss Richtung Bunker. Ich will später da noch in den Club», sage ich ausweichend.

«Prima. Die Nacht ist noch jung», sagt Lenny, «und *sorry*, es soll dein Schaden nicht sein. Ich zeige mich natürlich erkenntlich. Wir teilen die Einnahmen fair. Oder wenn ich sonst in irgendeiner Form behilflich sein kann? *I know a lot of folks around here.*»

Ich muss ein bisschen lachen: «Ist das vielleicht wie in diesen Filmen? Ich sage: *I need a gun*. Und dann treffen wir ein paar zwielichtige Typen in einem Hinterzimmer?»

Lenny tritt einen Schritt zurück, um mich zu mustern. Wie ein Bildhauer ein unfertiges Objekt im Atelier. «Habe ich es nicht geahnt? Der Seelensammler lag mal wieder richtig, was?!»

TRAININGSANZÜGE

Lenny nimmt die Rose aus der Flasche, steckt sie sich ins Knopfloch seiner Lederjacke. Zum Dank macht er hinterher einen albernen Knicks.

Ich lasse die blaue Pille in der Hosentasche verschwinden, für später vielleicht, wenn ich es in den Club geschafft habe.

Ich schließe mich Lenny an.

«Die beste Zeit sind eigentlich die frühen Morgenstunden», erklärt er mir, «du wirst zum Vampir, wenn du das länger machst. *A creature of the night.*»

«Das mit der Mehrsprachigkeit ist lustig», finde ich.

«Meine Paraderolle inzwischen.»

«Das heißt, was du vorhin erzählt hast, war ausgedacht?»

«Die Biografie? Nein, nein. Stimmt alles. Ich spiele mich selbst aber immer besser, je älter ich werde, scheint mir. Ob als Lenny oder Lena, *I know how to make an impression.*»

Ich weiß nicht, ob ich ihm da ganz folgen kann. Ist aber vielleicht auch nicht so wichtig. Wir haben schließlich zu tun. Schon bald wechseln wir uns ab mit dem Schieben des Einkaufswagens.

Die Räder quietschen bei jeder Unebenheit des Wegs, jeder Bordsteinkante. Was etwas nervt, genau wie die Schwerfälligkeit des Gefährts. Aber hilft ja nichts. Ich halte die Augen offen, scanne den Boden ab nach Flaschen und Dosen. Nebenher fragt Lenny mich ein bisschen aus.

Ich glaube, wir geben ein interessantes Duo ab. Der blauhaarige Lenny mit seinem Kleid, ich mit der Halskrause. Immer wieder gleiten Blicke über uns hinweg, mal abschätzig, mal gleichgültig. Ein älteres Paar mit ihrem Hündchen geht vorbei, die Frau zieht ihren Mann näher an sich, als sie uns sieht, als könnten wir ihnen was antun wollen.

Ich rolle mit den Augen: «Schön, wenn einen Menschen gleich ins Herz schließen, der Funke sofort überspringt.»

«Du strahlst so etwas Verwegenes aus», freut sich Lenny, «das steckt einfach tief in dir drin. Glaub mir.»

Als wir die Reeperbahn erreichen, ändert sich die Atmosphäre. Hier ist es lebhafter, chaotischer. Leuchtreklamen tauchen die Straße in ein buntes, pulsierendes Licht. Clubs, Bars, Striplokale, Sexshops und Theater reihen sich aneinander, und überall scheint eine Party im Gange zu sein.

Wir machen reiche Beute. Die Betrunkenen lassen ihre

Pfandflaschen einfach stehen oder werfen sie achtlos weg. Mir soll's recht sein. Jeder Fund bedeutet ein bisschen mehr Einnahmen.

«Ein voller Einkaufswagen bringt etwa 25 bis 35 Tacken», rechnet Lenny mir vor, «für das Sammeln braucht man in Nächten wie heute und zu zweit keine anderthalb Stunden, wenn es richtig gut läuft.»

«Finanzierst du dir so wirklich dein Leben?»

«Vor allem studiere ich Menschen auf die Art. *That's better than any drama school*. Und alles Teil der Vorbereitung.» Er erzählt, dass er seinen Traum von der Schauspielerei noch nicht aufgegeben hat, er tatsächlich Geld spart für eine Privatausbildung in New York. «Kein Witz. Eines Tages wirst du mich auf der großen Kinoleinwand sehen können. In einem großen Tanzfilm, wenn alles perfekt läuft.»

Werde ich das?

«Ich drücke fest die Daumen», sage ich nur.

Der Wagen ist bereits gut gefüllt, als wir um die nächste Ecke biegen und in einer dunkleren Seitenstraße landen. Ein Stückchen weiter, vor einer Kellertreppe, steht eine Gruppe Typen mit Milchgesichtern in teuren Trainingsanzügen. Flaschen kreisen. Albernes Gegacker, als sie uns sehen. Einer von ihnen rempelt mich an, als wir auf ihrer Höhe sind. Er fragt: «Suchst du Stunk, oder was?!»

«Wir suchen Leergut», sagt Lenny ruhig, schiebt den Kerl zur Seite und wirft ihm eine Kusshand zu, was ich ziemlich mutig finde, während ich meinen Blick stumm auf den Asphalt richte, die Hände fest am Griff unseres Wagens.

«Hier habt ihr eine Flasche, ihr Schwuchteln!» Aus dem Augenwinkel sehe ich etwas durch die Luft auf uns zufliegen. Glas zerplatzt direkt neben uns, die Scherben funkeln im Licht einer Straßenlaterne.

Schon saust ein weiteres Geschoss in unsere Richtung. Wir beschleunigen die Schritte. «Du hast wirklich Glück», sagt Lenny zu mir, leicht kurzatmig und eigenartig vergnügt «solch schillernde Momente sind bei diesen Touren trotz allem nicht alltäglich.»

«Immer auf der Überholspur», sage ich, *«story of my life!»* Aber in Wahrheit schäme ich mich doch ein bisschen für meine Feigheit eben.

PLASTIKBECHER

In einer Art Kiosk, in dem es auch ein paar Stehtische gibt, gehen wir von dem Geld fürs eingelöste Pfandgut einen Kaffee trinken. Ständiges Stühlerücken und das ganze akustische Durcheinander eines solchen Lokals schallen durch den niedrigen Raum. Wir stellen uns an einen freien Platz ans Fenster in der Ecke, und in dem Moment gähne ich.

«Machst du das immer so?», fragt Lenny. «Noch bevor man dich verführen kann, zeigst du, wie gelangweilt du von einem bist.» Er zwinkert und schickt einen Luftkuss in meine Richtung.

«Hä?», sage ich und schaue vermutlich ein bisschen peilo zu ihm hin.

Lenny führt den Plastikbecher zum Mund und bläst eine kleine Kuhle in die Kaffeeoberfläche. «Starrst du auf meine Titten? Ist das ein Kompliment?», fragt er unvermittelt.

«Du hast gar keine.»

«Natürlich habe ich welche. Sehr flache eben. Was ist damit?»

«Mich bringt das durcheinander.» Aber das sage ich nur, um etwas zu sagen.

Achselzuckend grinst Lenny mich an und seine Stimme geht eine Oktave höher. «Unter welchem Stein bist du denn großgeworden, Süßer?»

«Du versuchst mich zu provozieren. Ich verstehe nur nicht ganz, wieso.»

Lenny verzieht das Gesicht. «Ich weiß, wer ich bin», sagt er. «Aber weißt du das auch? Was weißt du über dich? *Do you know who you are?*»

Ich bin tatsächlich kurz verwirrt. Die Frage scheint mich zu verfolgen. Und bleibt schwierig: Was weiß ich über mich?

Hinzu kommt, dass Lennys Blick sehr ausdauernd und durchdringend auf mir ruht. «Starrst du auf meine Halskrause?»

«Ja, geile Halskrause. Stützt die den Kopf bei schweren Gedanken?»

Ich öffne den Klettverschluss. «Willst du sie ausprobieren?»

Lenny legt sich das Ding sofort an. Ihm scheint das neue Accessoire gut zu gefallen. Ich sage, dass er es gerne behalten kann. Das freut ihn. Doch richtig zufrieden ist er noch immer nicht: «*Remember? I collect stories. That's my passion.* Aber deine Story ist mir noch immer ein Rätsel.»

«Ich habe dir doch eine ganze Menge erzählt vorhin.»

Habe ich tatsächlich. Vom Ende der Schule, von der Abschlussfahrt, ein bisschen von Blanka, sogar von Kim.

«Wer du bist, wissen wir deshalb aber leider noch immer nicht, *Kester the molester*.» Ein Zwinkern. Ein Lächeln.

«Warum ist es überhaupt so wichtig, dass man weiß, wer man ist?»

Lenny strafft den Rücken, legt den Kopf schief: «Wenn ich dich spielen sollte, hätte ich null Plan, wie ich mich der Rolle nähern könnte. Was sind deine *wants*, was deine *needs*. Es gibt da *for sure* Verborgenes, *secrets*.»

«Ich glaube nicht. Nichts, womit man wirklich angeben könnte», sage ich, mache eine kurze Pause. Dann setze ich zum Weiterreden an, aber Lenny hebt die Hände.

«Lass mich mal kurz.» Er lächelt liebenswürdig. «*I just need some hints*. Gib mir ein paar Anhaltspunkte. Erzähl von deinem Zuhause. Wohnräume sind die Fenster zur Seele. Wie sieht es zum Beispiel in deinem Zimmer aus? Das interessiert mich immer brutal.»

Seine Neugier verwirrt mich. «Ich soll das beschreiben?»

«Was geht dir durch den Kopf, wenn du an zu Hause denkst? Nenn mir ein Detail. Irgendwas.»

POSTER

Was kann ich Lenny erzählen? Viele halten ja die Käffer im Speckgürtel der Großstädte für die durchschnittlichste Durchschnittlichkeit, die vorstellbar ist. Ich weiß nicht, ob das stimmt. Was aber stimmt, ist, dass bei uns alles so aussieht, wie man das bei Orten von uns Hinterwäldlern wohl erwartet.

Es grünt in den Gärten der Häuser. Mähroboter und Sprinkleranlagen verrichten brav ihre Pflicht. Nachbarn plaudern miteinander über die Zäune und Hecken hinweg.

Kleine Kinder tretrollern vorbei, wenn die Eltern sich mit ihnen am Nachmittag in Richtung Spielplatz aufmachen. Manchmal wummert auch ein Traktor durch die Gegend, kreischt eine Kreissäge auf oder bellt ein Hund. Die meiste Zeit aber ist es einfach immer sehr ruhig. Besucher finden das wahlweise schön oder beängstigend.

Meine Schwester hat mal gemeint, es sei eine Form von Menschenquälerei, Teenager in der Peripherie groß werden zu lassen.

«Wenn man nichts richtig machen kann, kann man auch nicht viel falsch machen», war die Antwort meiner Eltern, «Elternschaft ist einfach nichts für Perfektionisten.»

Ich ging damals noch zur Grundschule. Es dürfte die Zeit gewesen sein, als meine Schwester ihren ersten Freund hatte. Er wohnte ein paar Käffer weiter, und meine Schwester hat es gehasst, dass sie immer chauffiert werden musste, wenn sie ihn treffen wollte.

Wir seien blöde Bauern, die leider nur keine Ahnung von Ackerbau und Viehzucht haben, hat sie geschimpft. Heute finde ich das ja sehr lustig. Erwachsene ernten für ihre Arbeit wirklich sehr wenig. Sie strampeln sich rund um die Uhr ab. Bis zur Erschöpfung. Und abends dann versinken sie in Sofapolstern, starren auf den großen Bildschirm im Wohnzimmer und lassen sich von ihrem gewohnten Unterhaltungsprogramm berieseln.

So enden die meisten Tage auch unter unserem Dach.

Die Nächte wiederum werden normalerweise verschlafen, was fast schade ist. Oft sind es Nächte mit klarem Himmel, einem Himmel in der Farbe von Auberginenhaut. Wenn der Wind richtig steht, trägt er das ferne Rauschen des Verkehrs auf der Landstraße in die Stille der Häuser. Manchmal höre ich in unserer Straße spät einen wegknatternden Motorroller. Ich schleiche gern, wenn alle im Bett liegen, durch das dunkle Haus, um allein in der Küche ein Glas Wasser im Schein des Kühlschranklichts zu trinken.

In unserem Flur hängen, wie vermutlich in den meisten Fluren um uns herum auch, Familienbilder, schön gerahmt. Happy People. Urlaub am Meer. Urlaub am See. Urlaub am Fluss. Urlaub auf dem Land. Urlaub in den Bergen.

«Manchmal erwische ich mich, wie ich vor diesen Bildern stehe, sie betrachte und das eigenartige Gefühl nicht loswerde, mir völlig fremde Menschen anzugucken», sage ich.

Lenny nickt: «Was hängt in deinem Zimmer an der Wand?»

«In meinem Zimmer hängt nur ein Poster, ein Bild. Pale Blue Dot, heißt es. Ein sehr bekanntes Motiv.»

Lenny hat noch nie davon gehört. Er zückt sein Telefon und sucht danach, während ich ihm nebenher erkläre, was dieses Bild so besonders macht. Die Raumsonde Voyager 1 hat die Aufnahme nämlich nach 13 Jahren Reise zur Erde gesendet. Es zeigt unseren Planeten aus einer Entfernung von rund sechs Milliarden Kilometern. Von weiter weg wurde bis dahin nie ein Foto aufgenommen.

«Aus dieser unvorstellbaren Distanz schnurrt alles hier unten zusammen auf eine Nichtigkeit», sage ich, «ein winziges Pünktchen wie am Ende eines Satzes: Das ist der Schauplatz der ganzen Menschheitsgeschichte. Alle, die vor uns geboren wurden, haben sich auf diesem lächerlichen Klecks abgerackert. Milliarden von Leben. Und jetzt sind wir kurz hier, existieren, genauso unscheinbar vom All aus wie all die anderen, hören wieder auf zu existieren.»

«Dieses Bild meinst du», fragt Lenny, hält mir sein Telefon unter die Nase.

Ich nicke. «Ich weiß nicht, ob das jemand außer mir versteht», sage ich, «mich wühlt dieses Foto immer wieder auf. Oft macht es mich erst schwindlig. Dann traurig. Dann glücklich. Und beim nächsten Mal kann die Reihenfolge auch eine ganz andere sein.»

«Echt krass», sagt Lenny und starrt dabei weiter auf sein Display, «*I like this shit*. Und so langsam hebt sich damit ja auch der Vorhang ein Stückchen, würde ich meinen. In dir steckt ein kleiner Romantiker.»

«Ich bin eher als der sachliche Typ bekannt», widerspreche ich. «Im Flirten Note sechs.»

«Mich wickelst du ganz gut um den Finger.»

«Ha, ha.»

«Was ist mit dieser Blanka. Ist sie dein *Magic Pixie Dream Girl*?»

«Heißt es nicht *Manic Pixie Dream Girl*?», sage ich, bücke mich zur Socke und zaubere den Fotostreifen von Blanka und mir hervor. «Und nein, Blanka ist kein seelenloses Klischee. Das bin ja eher ich.»

«Der *Manic Pixie Dream Boy*. Aha. Dann kommen wir doch jetzt mal zum Eingemachten. Wie sieht es mit den tiefen Kränkungen bei dir aus? Wann und wie genau hat das Leben dir denn schon mal übel mitgespielt?»

PISTOLE

Lenny hat das Telefon wieder eingesteckt, knautscht den leeren Plastikbecher in seiner Hand, während er die Fotos von Blanka und mir studiert.

«Was, wenn es so etwas bei mir nie gab?», frage ich.

«Wärst du dann hier?», fragt Lenny zurück.

Ich versuche es mit einem Schulterzucken. Dann erzähle ich ihm aber doch noch ein wenig von Blanka. Und es folgt im Anschluss ein kleines Solo von Lenny über das Thema Rückschläge während der Kindheit und Jugend. Was sie für einen Wert haben. Seine Vermutung lautet offenbar, dass sie uns allen immer eine tiefe lebenslange Sehnsucht einpflanzen nach einer Rückkehr zu dem Davor.

Ich frage mich, während er sich so durch das lange blaue Haar streicht und philosophiert, ob er sich wohl gut mit Lukas verstehen würde, und ob es nicht bald mal an der Zeit wäre für mich, einen neuen Versuch im Club zu starten. Ab und zu blicke ich dabei auch aus dem Fenster. Und da bemerke ich dann auf der anderen Straßenseite etwas.

«Guck mal da draußen, das sind doch unsere Freunde von eben. Meinst du, die warten auf uns?», sage ich.

Lenny schaut mich an, als hätte ich ihm eine kaum lösbare Rechenaufgabe gestellt. Er plinkert mit den Wimpern.

Aber es stimmt: Zwei der Milchgesichter in diesen Trainingsanzügen sind uns offensichtlich gefolgt.

Lenny sagt nichts mehr.

Hinter dem Tresen wird eine leere Bierflasche zurück in einen Kasten gestellt. Lenny verzieht einmal kurz das Gesicht. Und dann sagt er doch noch etwas: «Muss uns nicht interessieren.»

Ich allerdings kann das Glotzen nicht ganz abstellen.

Die Milchgesichter sind höchstens mein Alter, eher sogar jünger, würde ich tippen. Und sie warten geduldig auf der anderen Straßenseite, bis wir den Kiosk verlassen. Es kommt mir völlig verrückt vor: Sie fangen direkt wieder mit der Pöbelei an, rufen uns homophobes Zeug zu, ziemlich einfallslose Phrasen.

Lenny meint, es wäre okay für ihn, wenn wir uns trennen würden, er kame schon klar, ich wolle ja sowieso noch in den Club.

Ich halte das für keine gute Idee: «Wie wär's, wenn wir zusammen in den Bunker gehen? Die Soldatin, die ich vorhin kennengelernt habe, fand, man hat auf seine Leute aufzupassen bei Gefahr.»

«*No worries*», sagt Lenny, «die verlieren bestimmt sowieso schnell die Lust an diesem Affentanz.» Wie er auf den Gedanken kommt, weiß ich nicht. Aber wir bleiben erst einmal zusammen. Er will zwar gleich die nächste Runde Flaschen sammeln gehen, trotzdem schlägt er vor, mich vorher wenigstens noch ein Stück zu begleiten.

Die Milchgesichter hängen sich uns an die Fersen. Und als wir im Gedränge vor einem Nachtclub langsamer werden, rücken sie uns richtig auf die Pelle. Ein Milchgesicht grapscht Lenny an.

Lenny schubst den Typen weg und lotst uns schnell zurück in die andere Richtung, wir biegen ab und dann gleich noch einmal. Mir kommt die Situation sehr unübersichtlich vor. Wahrscheinlich, weil ich mich überhaupt nicht auskenne in dem Straßengewirr. Ich weiß nicht genau wieso, aber wir entfernen uns von der großen Vergnügungsmeile.

Lenny meint, wenn wir so tun, als würden wir das Viertel verlassen, hätten unsere neuen Freunde bestimmt schnell keine Lust mehr an dem idiotischen Verfolgungsspielchen.

Stimmt leider wieder nicht.

Sie lassen sich nicht abschütteln. Und plötzlich überholen sie uns sogar. Ich atme den Geruch von billigen Kosmetikprodukten ein.

Die Milchgesichter drängen uns durch eine Toreinfahrt in einen Hinterhof. Sie versuchen es zumindest. Ein Container für Altpapier steht hier rum, kantig wie ein gestrandeter Kahn, das Licht ist sehr schummrig.

Es gibt ein Gerangel.

Einer der Typen dreht mir dabei den Rücken zu. Ich sehe den Griff einer Pistole. Er hat die Waffe im Hosenbund stecken.

Der Schock.

Aber mein Arm schießt sofort vor, als ob er plötzlich eine eigene Idee hätte. Meine Finger greifen den kalten Metallgriff, reißen die Waffe aus dem Stoff.

Im nächsten Moment habe ich das Ding in der Hand und richte es immer im Wechsel auf eins der beiden Milchgesichter.

Das ändert die Lage natürlich.

Nur gut, dass niemand von denen mich mit Kim an der Schießbude gesehen hat, denke ich. Dann wären sie vielleicht weniger entsetzt.

HANDTASCHE

Es ist, als hätte gerade jemand eine Schuhschachtel mit uns vier Figuren darin gekippt und alles neu verteilt.

Die Waffe hat ziemliches Gewicht. Ich spüre jeden Herzschlag in den Fingerspitzen. Mir ist schlecht. Ich war noch nie so wach.

«Rein in den Container.» Meine Stimme klingt anders, dunkler, als wäre sie durch einen Filter aus Rost und Dreck gegangen.

Die beiden Milchgesichter sehen mich an, die Augen groß und leer, wie Puppenaugen. Keiner bewegt sich. Mein Befehl hängt in der Luft wie ein Vorhang, der jeden Moment fallen könnte.

«Rein da!», brüllt nun auch Lenny und öffnet das große Maul des Containers.

Die zwei Milchgesichter zögern. Sie schauen sich an, als würden sie auf ein geheimes Signal warten, aber es gibt keins.

Die Bewegungen der zwei Trainingsanzugträger sind ungelenk, fast kindlich, als sie über den Rand des Containers steigen. Einer rutscht ab, seine Hände greifen nach den Kanten, und ein Schwall Papierkram rutscht ihm entgegen. Er flucht. Der andere stellt sich etwas geschickter an. Aber auch er schimpft, droht, uns umzubringen, sobald er uns erwischt. «Ihr seid tot», nuschelt er, «ihr seid so was von tot!»

Der Deckel kracht zu, ein dumpfer Schlag, das Geräusch hallt zwischen den Wänden nach, und es fühlt sich so an, als hätte die Welt gerade einen Zahn verloren. Kurze Stille. Bis die Stimmen von drinnen wieder erklingen, auf einmal aber viel gedämpfter.

«Wir killen euch schwule Wichser!»

Ich lasse die Pistole sinken.

Lenny und ich verständigen uns schnell pantomimisch: Rückzug, nur weg, möglichst keinen Lärm dabei machen.

Wir entfernen uns, ohne zu laufen.

Aber wir gehen sehr schnell.

«Wohin jetzt mit dem Ding?», frage ich Lenny nach ein paar Metern. «Ich kann damit ja nicht rumlaufen wie so ein Amokschütze.»

«Hier ...» Lenny öffnet seine altmodische Damenhandtasche, darin landet die Waffe erst einmal. Ich bin froh und erleichtert, sie los zu sein.

«Und jetzt? Zur Polizei?»

Lenny guckt sich immer wieder um. Ich auch.

Zum Glück sind wir bald zurück auf der Reeperbahn, im Getümmel der Menschen. Lenny findet die Idee mit der Polizei nicht wirklich toll. Man würde uns befragen, man würde unsere Aussagen zu Protokoll nehmen, das alles würde dauern, man würde nach den Milchgesichtern fahnden. Und so weiter. «Da verbringen wir dann Ewigkeiten auf der Wache.»

Ich sehe ein, dass das eine Menge Folgen hätte.

Es dürfte mich zum Beispiel dann wohl auch die Nacht der Nächte kosten, sehr wahrscheinlich jedenfalls. Sie würde zumindest einen unerwarteten Verlauf nehmen. Mit wenig Tanz, wenig Rausch.

«Okay, dann werden wir das Teil eben anders los. Vielleicht am Hafen?»

Und da strahlt Lenny auf einmal, ist ganz aufgeregt: «Dich hat der Himmel geschickt, Kester. Ich weiß jetzt, was wir machen.» Lenny tänzelt in einer Kreisbewegung einmal um die eigene Achse: «Wir verkaufen die Waffe – das ist das Ticket raus hier, das Ticket nach New York», jubelt er, *«when life gives you lemons, start making lemonade!»*

«Das ist doch kein kaputtes Telefon, was man einfach so verscherbelt.»

«Eben. Deswegen gibt es dafür auch mehr Kohle.»

«Von wem? Und wo?»

«I told you, I know a lot of folks around here. Let's meet Ernie. Gleich jetzt.»

In meinem Kopf geht es unheimlich unsortiert zu. Ich denke absurderweise an die Fingerabdrücke von mir auf der Waffe. Einerseits. Andererseits gibt es da auch eine Stimme, die findet plötzlich, ich hätte das Ding nie aus der Hand geben sollen. Für mein Vorhaben könnte der Besitz einer scharfen Waffe schließlich am Ende vielleicht recht nützlich sein.

Ich bleibe also weiter an Lenny dran.

Er eilt mit ungeduldigen Schritten voraus. Er dirigiert uns über einen Platz, wo noch mächtig Betrieb ist, wo die Leuchtreklamen der Kneipen und Bars alles in ein bläuliches Licht tauchen. Ein Typ in Lederjacke grölt, eine Gruppe Mädchen mit glitzernden Tops torkelt an uns vorbei, ihre Stimmen ein helles Aufblitzen im breiigen Gelärme um sie herum. Lenny steuert zielsicher durch die Menge, als hätte er einen unsichtbaren Faden in der Hand, dem er folgt.

«Wer ist Ernie?», frage ich.

«Ernie kenne ich über die Freundin eines Bekannten eines Kollegen, aber im Grunde kennt hier jeder und jede Ernie. Und sie ist genau die Frau, die wir jetzt brauchen», sagt Lenny, «wart's ab.»

PORTEMONNAIE

Bald verheddern sich die Geräusche hinter uns in den schmaler werdenden Straßen. Hohe Wohnblocks auf beiden Seiten, wie eine Art Schlucht aus verlassenen Bühnenkulissen. Fenster dunkel, bis auf ein paar flimmernde TV-Schemen. Lenny gibt mir ein Zeichen, seine Silhouette ist kurz nur ein dunkler Schnitt im Neonlicht, das aus einem Kiosk schwappt. Dann verschwindet er in einem schmalen Gang.

Wir landen in einem beklemmend engen Hof, durch den unsere Schritte seltsam hohl hallen. Tauben gurren im Dunklen. Lenny drückt eine angelehnte Haustür auf. Drinnen: Abfall am Boden, es riecht nach Kellerschimmel und offenen Mülltonnen. Ich halte die Luft an.

Wir müssen hoch in den ersten Stock.

Lenny drückt auf eine Klingel.

Lenny klopft.

Ein Hund bellt.

Eine hagere Frau öffnet. Wasserstoffblonde, hochtoupierte Mähne. Sie trägt rote Lederhose, einen weißen Sport-BH, hat eine klobige Brille auf der Nase und ein Spinnennetz auf den Hals tätowiert. Sie beäugt Lenny, mustert die Halskrause unter Lennys Kinn, ihr Blick streift auch mich kurz, dann schlurft sie stumm zurück in die Wohnung.

Lenny streckt galant den Arm aus. Die Geste heißt: nach dir.

Ernie empfängt uns in einer schlauchigen Küche an einem wackligen Tisch mit Wachstuchdecke. In der Spüle stapelt sich Geschirr zu einer wackligen Skulptur. Aus einem Nebenzimmer plärren Fernsehergeräusche. Eine Menge Kartons stapeln sich an der Wand.

«Bengalos», erklärt Ernie, «B-Ware. Ein Bekannter hat das große Geschäft mit Fußballfans gewittert, musste sich aber kurzfristig ins Ausland absetzen. Ich hab' eine halbe Lkw-Ladung davon in der Wohnung. Könnt euch gerne bedienen. Aber ich schätze mal, deshalb seid ihr nicht hier.»

Lenny schüttelt den Kopf: «Wir haben da etwas mit mehr Zunder», sagte er, öffnet die Handtasche, schiebt die Pistole über den Tisch.

Ernie prüft die Waffe mit geübtem Blick, wie mir scheint. Sie saugt Luft durch die Zähne ein: «Eine FS92, da schau her. Ist die denn sauber?» fragt sie schließlich, ohne aufzusehen.

«So sauber, wie sie sein muss, denke ich», sagt Lenny.

Ernie lupft die Brille und reibt sich über die Nasenwurzel. «Ihr habt Glück. Ich habe da einen Kunden, der mich wegen des Themas aktiver Sterbehilfe angesprochen hat. Kürzlich erst. Der wäre sicherlich sehr interessiert. So'n Künstlertyp, netter Kerl, leider aber richtig verzweifelt.» Sie macht ein erstes Angebot, indem sie ein labbriges Lederportemonnaie auf dem Tisch leert. Einige Scheine sind dabei, ein paar große, aber überwiegend sind es doch eher welche von der kleineren Sorte.

«Hm», macht Lenny.

«Das ist alles, was ich an Cash habe», sagt sie zu ihm, «aber ich verstehe, das ist nicht ganz das, was du dir vorgestellt hast. Ich würde tatsächlich auch ein paar Steine draufpacken. Doch die müsste ich erst besorgen.»

Das Gesicht von Lenny verflacht sich etwas: «Hm», macht er wieder.

Ich habe das Gefühl, er ist kurz davor, das Geld zu nehmen. Es könnte mir gleichgültig sein, aber komischerweise habe ich auf einmal das Bedürfnis, mich einzumischen. «Eilt ja nicht», sage ich, «wir können einen anderen Tag wiederkommen.»

Ich rücke auf dem Stuhl zurück, als würde ich aufstehen wollen. Da spüre ich einen leichten Tritt gegen meinen Schuh. Von Lenny, schätze ich. Er schaut mich an wie einen aufgeplatzten Müllbeutel.

Aber Ernie wischt umständlich über die Wachstuchdecke, sortiert und zählt das Geld. Sie schaut hoch zur Küchenuhr. «Einen Tausender zusätzlich kann ich euch anbieten, wenn wir die Sache jetzt gleich regeln. Habt ihr einen Moment Zeit?» Sie zieht die Brille wieder runter, rückt sie gerade.

Draußen winselt dieser Hund wieder. «Deal», sagt Lenny schnell.

SONNENBANK

Ernie verschwindet, und wir warten. Ich frage Lenny, ob er nicht misstrauisch ist. «Vielleicht verpfeift diese Ernie uns ja», sage ich.

«Bullshit», sagt Lenny. Er hätte einen guten Draht zu ihr, behauptet er. Hin und wieder ließe sie ihn sogar ihre Sonnenbank benutzen. Dafür bringe er ihr wiederum ein bisschen Englisch bei. Weil Ernies Traum ist, eines Tages als Roadie einmal mit einer großen Rockband auf Welttournee zu gehen.

«Klingt nach Märchen.»
«Ist wahr. Die Sonnenbank steht nebenan.»

Er zeigt sie mir. Es ist das einzige Möbelstück in dem Raum neben dem laufenden Fernseher und einem Gartenstuhl.

Wir kehren schnell wieder in die Küche zurück.

Ich kann mir wirklich Schöneres vorstellen, als in dieser Müllbude zu hocken und darauf zu warten, dass Ernie wieder auftaucht.

Lenny aber ist glücklich, richtig glücklich: «Dich hat der Himmel geschickt, ehrlich», sagt er noch einmal.

Und da er mir schon dieses Stichwort gibt, frage ich auch ihn, was er über Engel weiß. Wir haben schließlich Zeit: «Was denkst du, warum Menschen diesen Mumpitz brauchen? Oder glaubst du auch an so etwas?»

«Als Kind», sagt er, «als Kind habe ich auf jeden Fall daran geglaubt. Ich war oft ängstlich, als ich klein war. *And my mother told me, there is always someone looking out for me.*»

«Und gestolpert und hingefallen bist du trotzdem», sage ich.

«Tja, aber davongekommen bin ich immer mit ein paar Schrammen. Wer weiß, was sonst passiert wäre?»

«Keine Ahnung, ob mich das beruhigt hätte, jemand ständig an meiner Seite zu haben», sage ich, «eher im Gegenteil. Stell dir vor, jemand würde dich pausenlos beobachten. Heute morgen habe ich allein im Morgengrauen vorm Haus getanzt ...»

«... und onaniert?»

Ich verdrehe die Augen: «War auch so schon peinlich genug.»

Lenny hat wieder sein Telefon vor der Nase und wischt darauf herum. Er findet einen Artikel zu einer Befragung eines Meinungsforschungsinstitutes. «Zwei Drittel aller Befragten glauben an Schutzengel», liest er mir vor, «damit glauben mehr Menschen an Engel als an Gott. Grund: Sie sind greifbarer.» Lenny amüsiert das.

«Ja, das ist lustig», gebe ich zu, «Himmelsbotschafter ohne Chef.»

«Do you believe in God, Kester?»

Ein Falter flattert um die Deckenlampe in Ernies Küche.

«An eine höhere Macht, die uns lenkt?», frage ich und zucke danach mit den Schultern. «An einen Schöpfergeist, der sich das alles ausgedacht hat?»

«Wo liegt das Zentrum des Universums?» Lenny guckt mich an, als hätte er bloß mal nach der Uhrzeit gefragt.

«In Ernies Küche?»

«Haha, ja, für uns in diesem Augenblick», sagt Lenny, «aber während wir denken, dass hier das Zentrum des Universums ist, sind da draußen andere Leute, die denken dasselbe. In dieser Sekunde wird eine Frau ein Kind zur Welt bringen, jemand wird in einem Hospiz liegen und sich röchelnd fragen, wie viele Atemzüge ihm wohl noch bleiben, jemand anderes wird sich vor dem Fernseher zu Tode langweilen, jemand sich mit Drogen wegschießen. All das passiert in dieser Sekunde. In dieser Stadt. Überall im Land. Auf der ganzen Welt.» Lenny schnippt. «Jetzt!»

Ich nicke: «Auf einem kleinen blauen Punkt im All, um den herum sich alles weiter und immer weiter ins Unermessliche ausdehnt.» Ich blicke auf die Waffe. «Ich glaube ja, Gott ist einfach eine Metapher.»

Lenny wühlt in seiner Handtasche, findet Zigaretten und ein Feuerzeug, eins dieser Sturmfeuerzeuge. «Eine Metapher?», will er wissen. «Wofür genau?»

«Das hängt davon ab», sage ich, «wahlweise für das Gute, das Absolute, für das Unbekannte oder aber», ich tippe mir gegen die Stirn, «einfach für diese Stimme da oben, die in uns unermüdlich alles kommentiert und das Leben zu lauter Geschichten umerzählt.»

JALOUSIE

Lenny zieht die Jalousie in der Küche hoch und öffnet das kleine Fenster zum Hof. Er raucht, den einen Arm unter der Brust um die Taille gelegt, den Ellbogen des anderen Arms auf dem Handgelenk abgestützt.

Er schaut in die Nacht, wirkt tief in Gedanken versunken.

Ich nehme die Waffe noch einmal in die Hand. Es wäre eine günstige und vielleicht die letzte Gelegenheit, um doch noch damit abzuhauen.

Ganz allein.

Ohne Lenny.

Vielleicht zurück zum Ponton?

«Pass auf, dass du davon keinen Ständer kriegst!», sagt Lenny da auf einmal.

Ich halte mir die Knarre aus Spaß einmal an den Kopf: «Peng», sage ich.

«Mach bloß keinen Quatsch», mault er mich an, *«I can sense when there is dark energy in the room. I know something about it.»* Er schiebt den Ärmel seiner Kunstlederjacke hoch, zeigt mir eine wulstige Narbe: sichtbare Erinnerung an eine lange Wunde, genäht mit vielen Stichen. «Die Sache ist: Du bist noch so jung. Im Maßstab unserer Kultur bist du quasi noch Kind», sagt er, «aber die Ressource Jugend bedeutet einem in deinem Alter leider nichts, weil man deren Wert gar nicht erfassen kann.»

«Was soll das heißen?», frage ich.

«Du solltest Lust auf das Leben haben, soll das heißen, nicht auf den großen Schlaf, die letzten ganz großen Ferien.»

«Muss ein Huhn immer Lust haben aufs Eierlegen? Muss jemand Junges immer Lust haben aufs Leben?»

Ich schnappe mir das siffige Küchenhandtuch vom Backofengriff, wische damit an der Pistole herum. Wie man das aus schlechten Krimis so kennt, wenn jemand Fingerspuren beseitigen will.

Das ist natürlich lächerlich.

Aber ich kann guten Gewissens Lenny versichern, dass ansonsten nichts passieren wird. Schließlich will ich noch in den Bunker. Nach wie vor. Daran hat sich nichts geändert.

Trotzdem ist es auch gleichzeitig ein Versuch, das Thema wegzulenken von dieser seltsamen Dunkelheit, die Lenny angeblich sieht und ich nicht.

Ich wische weiter am Griff herum und aus Spaß auch am Lauf der Waffe. Die glänzende Oberfläche reflektiert das schummrige Licht. Ich sage: «Du bekommst dein Ticket nach New York.» Obwohl ich eigentlich ja keine Ahnung habe, ob man dieser Ernie tatsächlich trauen kann.

Doch kurz darauf kehrt sie zurück.

Mit dem versprochenen Geld.

Allerdings auch mit beunruhigenden Neuigkeiten. Die Sache mit den Milchgesichtern und der gestohlenen Waffe macht schon die Runde im Milieu. «Seht bloß zu, dass ihr schnell aus dem Viertel kommt», rät uns Ernie, «der Buschfunk funktioniert hier extrem gut, wisst ihr.» Sie kratzt sich am Spinnennetzhals. «Und die zwei kleinen Scheißer, die hinter euch her sind, scheinen gute Kontakte zu haben.»

Wir verlassen Ernies trostlose Bude. Bekommen zum Abschied noch mal angeboten, uns bei den Bengalos zu bedienen.

Lenny stopft sich gleich ein paar davon in die Handtasche, ich nehme auch einen mit, schiebe ihn mir hinten in den Hosenbund. Wer weiß, ob das im Notfall nicht vielleicht hilfreich ist, etwas Rauchnebel zünden zu können.

«Halt bloß die Augen auf», sagt Lenny, als wir zurück auf der Straße sind.

«Es passiert nichts, mein Schutzengel wird das schon regeln», sage ich, um ihn ein bisschen aufzuheitern.

Es geht ihm nicht gut, das merke ich.

In manchen Situationen ist es eben kein Vorteil, ein Paradiesvogel zu sein. Mit blauen Haaren, bunt lackierten Fingernägeln, flattrigem Sommerkleid und einer Halskrause.

Und wenn man in Panik ist, wirkt natürlich jeder Mensch, jeder Blick verdächtig. Und es tragen ganz schön viele Leute Trainingsanzug.

Lenny nimmt im Gehen den Ohrschmuck ab.

In der nächsten Sekunde stößt er mich in einen dunklen Hauseingang. Ich weiß nicht, ob es wirklich eins der Milchgesichter ist, dass Lenny auf der anderen Straßenseite erspäht haben will.

Kann natürlich sein.

«Haben wir eigentlich ein bestimmtes Ziel?», flüstere ich.

«Ich brauche dringend ein anderes Kostüm», gibt Lenny

zurück, linst einmal vorsichtig in alle Richtungen, und weil die Luft rein zu sein scheint, hetzen wir dann weiter bis vor eine Metalltür, gesichert mit einem Zahlencode. Ein Schild verrät: Künstlereingang.

PLAKAT

Lenny tippt hektisch auf den Tasten herum. Ein Summen. Er lächelt. Das Schloss ist entriegelt.

Schon sind wir drin: Ein Flur, sehr hell. Eine kurze Treppe, noch ein Flur, noch eine Treppe. Wir befinden uns in den Eingeweiden eines Theaters.

Lenny hat hier schon ausgeholfen, erklärt er. Er kennt das Haus. Allerdings nicht gut genug, um zu wissen, ob nicht nachts ein Sicherheitsdienst Wache schiebt. Vorsichtshalber ziehen wir unsere Schuhe aus, um weniger Lärm zu machen, schlittern auf Socken durch den Backstage-Bereich wie auf einer Eislaufbahn. Die Garderobentüren sind verschlossen. Lenny rüttelt an den Griffen und flucht leise.

Schließlich landen wir im Foyer mit den verschlossenen Glastüren nach draußen, riesigen Glastüren. Still, viel zu still ist es hier für so ein großes Gebäude. Kein Licht außer dem, das von der Straße hineinfällt, und dem Notausgangsschild, das grün leuchtet.

Ich halte meine Schuhe in der Hand, lasse meinen Blick schweifen und bleibe an einem gerahmten Plakat für einen Comedy-Solo-Abend hängen, der hier vor einiger Zeit stattgefunden hat. Ich gehe näher heran.

Das Gesicht kenne ich.
Bruno?
Natürlich.
Ich drehe mich nach Lenny um.
Der murmelt gerade: «Muss pissen ...» Er drückt mir seine Jacke in die Hand. Und verschwindet durch eine Seitentür, die wahrscheinlich zu den Toiletten führt.

Ich bleibe allein im leeren Foyer stehen, starre das Bild an. Eine ganze Weile lang. Bruno grinst breit, seine Arme verschränkt, als wäre das ganze Leben nur ein Witz.

«Ha», sage ich.

Das Pfeifen der alten Heizkörper, der abgedämpfte Lärm des Nachtlebens und die phantasmagorische, diffuse Welt jenseits der schweren Glastüren.

Ein Taxi fährt dort im Schritttempo näher, hält direkt vor dem Eingang.

Das Brummen des Motors im Leerlauf.

Und plötzlich taucht da jemand auf der anderen Seite der Scheibe auf. Ohne Halskrause. Das blaue Haar aber jetzt am Hinterkopf zusammengeknotet. Er nimmt im Gehen das Telefon vom Ohr und versenkt es in der Handtasche.

Ich verstehe zuerst nicht wirklich, was vor sich geht.

Lenny bleibt stehen.

Unsere Blicke treffen sich. Ich hoffe, er hat eine Erklärung. Was soll das? Doch Lenny hebt nur die Hände, formt ein Herz mit den Fingern, drückt es gegen die Brust. Ich lese ein wenig schuldbewusste Reue wegen des schäbigen Abgangs aus seinem Minenspiel heraus, aber auch feste Entschlossenheit.

Seine Lippen formen Worte, die ich nicht verstehe.

Pass auf dich auf?

Dann dreht er sich um, öffnet die Beifahrertür des Taxis.

Ich will auch etwas sagen, aber die Worte bleiben mir im Hals hängen.

Ich sehe zu, wie Lenny sich in den Wagen fallen lässt, ohne ein weiteres Wort, ohne noch einmal zurückzusehen. Das gelbe Licht auf dem Dach erlischt, der Wagen verschwindet aus meinem Sichtfeld.

Lenny ist weg.

Meine Arme hängen schlapp neben meinem Körper, als würden sie nicht zu mir gehören. Auf der einen Seite halte ich eine Kunstlederjacke, auf der anderen meine Schuhe. Ein dumpfes Gefühl breitet sich in meiner Brust aus.

Aber das Schauspiel da draußen ist noch nicht vorbei, es gibt noch eine Überraschung, eine Zugabe für mich.

SCHUHE

Sie sprinten ins Bild: die beiden Milchgesichter in ihren Trainingsanzügen und drei weitere Typen, älter und kräftiger, einer hat einen Kampfhund dabei, ein anderer schwingt eine Baseballkeule.

Sie keuchen, außer Atem, stolpern fast, als sie an den Punkt kommen, wo Lenny vor wenigen Sekunden noch gestanden hat.

Sie halten inne, sichtlich frustriert. Der Kleinere von den beiden Typen stemmt die Hände in die Hüften, beugt sich vor und spuckt auf den Boden. Der Größere geht in die Knie, reibt sich das Gesicht mit der einen Hand, als könnte er den Ärger damit irgendwie abwischen. In der anderen Hand sehe ich ein Messer.

Zwischen ihnen und mir nur wenige Meter und die Glastür.

Auf meinen Socken mache ich behutsam ein paar Schritte rückwärts. Meine Finger krampfen sich fester um die Schuhe in meiner Hand.

Die Typen stehen da, alle fünf, schnaubend, fluchend, unsicher offenbar, wie sie weitermachen sollen. Sie verhandeln etwas miteinander, und ich bin im Halbdunkel des Foyers vermutlich kaum sichtbar für sie.

Der Hund reißt heftig an der Leine.

Ich höre das Dröhnen meines Blutes, das in den Ohren pocht. Mein Herz schlägt so laut in meiner Brust, dass ich mich wundere, wie die auf der Straße nichts davon mitbekommen können.

Dann rieche ich Lavendelduft.

Und hinter mir nähern sich Schritte, sehr gemächlich.

«Nicht erschrecken», sagt Bruno, «ich bin's nur.»

Das könnte fraglos echt verstörend sein, wenn jemand bei Nacht an einem solchen Ort, verlassen und düster, wie aus dem Nichts auf einen zuschreitet. Komischerweise spüre ich aber mehr Wut im Bauch als etwas anderes. Ich sage mit gesenkter Stimme: «Waren wir nicht am Bunker verabredet?»

«Immer zur vollen Stunde bin ich da. Das bleibt auch so. Aber gerade werde ich eben hier dringender gebraucht.»

«Ach, willst du vielleicht mit mir gegen die Typen da draußen antreten?»

«Gott bewahre. Nein, das wird nicht passieren, Kester.» Bruno zupft sich eine unsichtbare Fluse vom Ärmel seines Anzugs.

«Richtig, richtig», sage ich, «stimmt ja, du bist ein Engel. Und um mich zu schützen, bist du natürlich auch im Bilde, was in der Zukunft passiert. Welches Schicksal wird mich denn ereilen? Durch einen Kampfhundbiss sterben oder erdolcht werden wie ein Schauspieler in einer Tragödie?»

«Mein Informationsvorsprung beträgt maximal eine halbe Stunde.»

«Immerhin. In einer halben Stunde kann viel passieren.»

«In der nächsten halben Stunde stirbst du nicht, Kester.»

«Sagt der Komödiant, der sich als Engel ausgibt.» Ich deute mit dem Kinn auf das Plakat. «Ich meine, die Sache mit dem Namen ist nicht schlecht, das hat mich vorhin echt kurz beeindruckt, aber den hast du einfach von meinem T-Shirt-Etikett abgelesen.»

Bruno verdreht die Augen. «Wie nennt man das, wenn ein Schutzengel einen schlechten Lauf hat?»

«Was soll das jetzt wieder?»

«Geflügelpest.»

«Haha», mache ich.

«Ich bin Comedian gewesen, das stimmt. Und das letzte Programm war ein ziemlicher Erfolg, aber Erfolg ist eben nicht alles, wie du weißt.» Bruno reckt die Faust, sagt dabei mit ironischem Unterton: «Kester, immer Bester! Jahrgangsbester!»

Ein wenig gruselig ist das alles schon. Aber das Hirn hat ja auch lange keine Ruhe mehr gehabt.

«Und jetzt hast du auf Schutzengel umgeschult? Gut», sage ich, «wollen wir mal gucken, was du wirklich draufhast?»

Ich war nie ein sonderlich guter Werfer. Aber es reicht allemal, um einen Schuh gegen eine Glastür in ein paar Meter Entfernung zu schleudern. Und einen zweiten gleich hinterher.

... fehlt denn noch wirklich viel?!

Sicher ist doch nur:
Wir alle schulden der Welt eine Leiche.
Aber schulden wir der Welt für alles auch eine Erklärung?

... und kann es die überhaupt geben?

Warum nur? Das Entsetzen, wenn ein junger Mensch vor seiner Zeit geht, gewaltsam aus dem Leben gerissen wird, packt nicht selten auch Unbeteiligte. Denn ein solches Ende erscheint uns als falsch: Es ist wie ein Riss in der Illusion von Sicherheit, die wir uns im Alltag aufbauen und die uns schützt. Wir glauben, es gäbe eine Art von natürlicher Ordnung, ein unsichtbares Gesetz, das besagt: Der Tod hat seine Zeit. Ältere Menschen sterben, nachdem sie zumindest die Chance hatten, die Fülle des Lebens voll auszukosten. Jüngere Menschen leben, weil noch vor ihnen liegt, was andere hinter sich haben. Erfahren wir, dass dieses Konstrukt nicht allgemeingültig ist, rückt der Tod auch uns mit einem Schlag näher. Wir müssen einsehen, dass es keine Regeln gibt, keine Abmachungen. Dass wir alle an einer Lotterie teilnehmen, die jederzeit vorbei sein kann und uns garantiert als Verlierer zurücklässt. Denn mit dem Ende werden Möglichkeiten, Pläne und Träume auf immer unerfüllt bleiben. Wenn junge Menschen sterben, stirbt mit ihnen die Vorstellung davon, was hätte sein sollen. Sie werden nicht nur aus unserer Gegenwart gerissen. Auch ein Stück Zukunft wird ausgelöscht. Uns überkommt das Gefühl, dass ihr Leben ein Versprechen geblieben ist, das nie ganz eingelöst wurde. Selbst

Unbeteiligte sind auf diese Weise weniger unbeteiligt, als es vielleicht den Eindruck hat. Wir alle sind erschüttert, dass das menschliche Dasein in all seinen Facetten, in seiner Schönheit, seiner Zerbrechlichkeit und seiner Endlichkeit, keinen Plan kennt, keine Gnade. Uns wird schmerzlich bewusst, dass die Uhr auch für uns in jedem Moment ablaufen kann, so unvorstellbar das auch erscheint. Obwohl es also wenig bringt, fragen wir deshalb: Warum? Warum machen sich mehrere Fremde und ein Hund über jemanden her, der sich nicht wehren kann? Stechen mit einem Messer auf ihn ein? Treten und schlagen weiter zu, als er schon am Boden liegt? Lassen den Hund nach ihm schnappen? Warum hat der junge Mann nicht versucht, die Flucht zu ergreifen? Warum hat er nicht einmal um Hilfe gerufen? Es gibt darauf keine guten Antworten. Nicht für die, die den leblosen Körper zuerst entdecken. In einer Lache aus Blut und Scherben. Im Eingang eines Theaters, dessen Eingangstür zertrümmert ist. Ohne Schuhe liegt der Tote da. Und besonders rätselhaft: Aus der einen Socke ragt der Teil eines Fotostreifens. Die Unbeteiligten werden nie erfahren, wann und wo und warum diese Passbilder gemacht wurden. Nur das Mädchen, das darauf zu sehen ist, eine Mitschülerin des jungen Mannes, weiß mehr. Aber warum sollte sie etwas von ihrem Wissen preisgeben? Warum sollte sie erzählen, was ihr bekannt ist? Und selbst wenn sie es täte, würde damit wirklich Licht ins Dunkel kommen? Welches Motiv hat der junge Mann für sein Verhalten gehabt? Fragen nach dem Warum sind besonders schwierig zu beantworten, wenn es um das Leben eines anderen Menschen geht, weil sie die tiefsten, oft unsichtbaren Schichten der menschlichen Existenz berühren. Jede Person lebt mit einer einzigartigen Kombination aus Erfahrungen, Emotionen und inneren Beweggründen, die für Außenstehende nie vollständig zu verstehen sind. Manchmal gibt es kein eindeutiges Warum, weil Zufälle, spontane Emotionen oder unbewusste Impulse eine Rolle spielen, die nicht rational erklärbar sind. Am Ende bleiben wohl immer nur Geschichten, um das Leben und seine Mysterien für uns ein bisschen fassbarer zu machen. Geschichten, die weiter und weiter erzählt werden können ...

Also, noch mal von vorn …

DIE LETZTE NACHT

(BLANKAS VERSION)

BUCHHANDLUNG

Als unsere Gruppe bei der Exkursion in dem Viertel ankommt, wo der Bunker steht, treiben über uns am Himmel üppige Wolken träge dahin, hineingekleckst ins ungetrübte Blau wie frische Sahne. Die Sonne lässt die Chromteile der Autos aufblitzen. Dicht an dicht ächzen und schieben sie sich in beiden Richtungen vorwärts, Motoren grummeln dumpf, hin und wieder unterbrochen von dem leisen Zischen, wenn ein Bus an der Haltestelle hält. Gelegentlich das Surren eines Fahrrads, das vorbeizieht.

Der Bunker ragt vor uns auf, eine fremde Festung, überwachsen mit Grün, als hätte die Natur die Mauern von innen nach außen zurückerobert. Ein Zeichen der Erneuerung, der Nachhaltigkeit – das war ja eigentlich auch der Grund des Ausflugs. Eins unserer aktuellen Unterrichtsthemen lautet ‹Stadtentwicklung in Zeiten multipler Krisen›, aber die meisten von uns interessierten sich vor allem für das multikulturelle Szeneleben um den Betonklotz herum.

Ich stecke die Hände in die Taschen meiner Jacke und laufe mit meinem Rucksack auf dem Rücken langsam neben den anderen her, die zunehmend auseinanderdriften. Die Gruppe verliert sich, einige wie Cleo schwärmen aus in Richtung eines Second-Hand-Ladens, andere, darunter auch Armin und Lukas, stehen schon vor einem Café und diskutieren, was sie bestellen sollen, reden über Cappuccino, über Bagels.

Blanka ist das egal.

Sie hat die rote Retrosonnenbrille auf der Nase und erzählt mir im Gehen von Romanen, modernen Klassikern, die sie neu auf der Liste hat. Seit einiger Zeit scheint sie wie besessen davon. Zum Teil lese ich auf ihren Wunsch Bücher jetzt auch parallel zu ihr, damit sie sofort jemanden zum Austausch hat. Und es passiert gar nicht selten, dass sie nachmittags zu mir kommt, um mir etwas vorzutragen. Aus Büchern, die ihr gefallen, aus Büchern, die sie ärgern. Auch eigene Texte bringt sie manchmal mit. Manchmal korrigieren wir gemeinsam daran herum.

Am liebsten sitzt sie in meinem kleinen Zimmer am Boden, Rücken gegen die Heizung gelehnt, an den Knöcheln gekreuzte Beine, das Buch oder die Papiere im Schoß. Ihre Stimme klingt gedämpft, sanft. Ab und an hält sie inne, zieht die Augenbrauen hoch, reckt den Kopf zur Seite, als würde sie den verklungenen Worten nachhorchen.

Wenn sie und ich lachen müssen, ruft sie: «Hör auf! Ich sterbe!»

Begeistert von Literatur war Blanka schon immer. Lesen sei wie Tanzen im Kopf, hat sie mal behauptet. Aber seit dem Schreibworkshop hat alles noch einmal eine neue Qualität bekommen. Nach den Sternen greifen. Aufs Ganze gehen. Darum ging's in ihrer Geschichte. Ich habe das Gefühl, Blanka ist auf der Suche, ohne selbst genau zu wissen, wonach.

«Wieso interessiert du dich eigentlich ausgerechnet so

sehr für all das ausgedachte Zeug?», frage ich sie, während ich neben ihr herdackele.

Sie bleibt kurz stehen. «Das eine Leben ist nicht genug, K.»

Passanten umkurven uns. Mir kommt es kurz so vor, als würde ich erst in dieser Sekunde registrieren, dass die Stadt voller Menschen ist.

Ansonsten macht mich Blankas Bemerkung eher ratlos. Wie mich Blanka überhaupt häufiger ratlos macht. Ich traue mich nie, sie das zu fragen, aber ich wüsste wirklich gerne, wieso sie mich ständig zu ihrem Publikum kürt.

«Was haben wir eigentlich vor?», frage ich.

Ihre Antwort ist ein Lächeln. Und mit diesem Lächeln setzt sie sich wieder in Bewegung, führt mich nun zielstrebig in Richtung einer Buchhandlung.

Auf dem Weg steckt sie mir ein paar Zettelchen zu, kaum dicker als Pauspapier, kleiner als eine Visitenkarte. Darauf ist vorne das Bildchen eines Strudels im Stil von Kindergekrickel, hinten die Adresse einer Website und ein Code, nichts weiter. Wie ein Hinweis, ein Rätsel, eine Einladung.

So erhält man Zugang zu einem Tagebuch, erklärt Blanka. «Wir machen dafür Werbung, K. Es ist wichtig. Wir verstecken die Schnipsel in besonderen Büchern. In Büchern, die wir mögen. Oder die besonders klingen. Oder wenn wir ihr Cover mögen. Alles klar soweit?»

Sie wirkt müde heute, und überhaupt habe ich das ungute Gefühl, diese lange Einleitung führt zu etwas, dass ich nicht hören will, wenn ich weiter frage. Deshalb sage ich nur: «Verstanden.»

Sie wuschelt mir durchs Haar.

An mir findet sie immer alles artig. Zu artig.

ZETTELCHEN

Es klingelt kein Glöckchen, wenn man die Buchhandlung betritt. So eine Art Laden ist es nicht. Kein verstaubtes, muffiges Kabuff mit engen Gängen und vollgestopften Regalen bis unter die Decke.

Ein leichter Duft nach frisch gedruckten Buchstaben und Papier mischt sich mit den Gerüchen von draußen, einem urbanen Gemisch, dem immer auch ein Hauch von Asphalt beigemischt scheint. Durch enorme Fensterfronten, vor denen rote, gepolsterte Designerstühle zum Probelesen platziert sind, flutet Tageslicht, fließt bis hin zum Herzstück des offenen, fast puristischen Raums. Ein ringförmiger Büchertisch beherrscht diesen Literaturtempel wie ein riesiger Magnet, um den sich wegen seiner Position im Zentrum und seiner Anziehungskräfte alles dreht. Dreizehn Deckenleuchten bilden darüber, als wären sie schwebende Kunstobjekte, ebenfalls einen Kreis, lassen die Farben und Wörter auf den Umschlägen auf angenehme Art erstrahlen.

Abseits dieses Runds gibt es an zwei Wänden weitere Regale. Die Buchrücken darin: aberhunderte Farbtupfer. Dort verteilt Blanka die ersten Zettel. Sie zieht ein Buch aus dem Regal, blättert durch die Seiten, tut so, als würde sie schmökern, sieht sich beiläufig um. Die Verkäuferin hinter dem Tresen bemerkt uns kaum, ist vertieft in ein Gespräch mit einem älteren Herrn, der ein dickes Taschenbuch kauft. Ein guter Moment.

Auch ich greife in meinen Hoodie und taste nach den Papierschnipseln. Behutsam schiebe ich einen in einen Gedichtband mit einem Cover, das mehr Fragen aufwirft als

Antworten liefert, schließe das Buch wieder und stelle es zurück ins Regal. Rätselhafte Poesie, denke ich. Passt.

Diverse weitere Zettel gleiten und verschwinden in den kommenden Minuten lautlos zwischen Seiten. Es ist fast zu leicht. Wir bewegen uns vorbei an den Regalen, halten hier und da inne, um ein Buch auszusuchen. Ein Essay über existenzialistische Philosophie, ein großformatiger Bildband über einen anonymen Street-Art-Künstler – jeder Titel scheint auf seine eigene Weise passend. Zwischendurch blicke ich verstohlen zur Frau hinterm Kassentisch. Sie beachtet uns kaum. Mich schon mal gar nicht. Ich bin nur ein weiterer Kunde, der sich zwischen den Büchern verliert. Ein Schatten unter vielen.

Als Blanka den letzten Zettel in einer Schulbuchausgabe von Goethes Faust verschwinden lässt, sehe ich ein zufriedenes Lächeln auf ihren Lippen. Der Job ist erledigt. Sie schlendert zur Tür, als wäre nichts gewesen.

Dann stoppt sie aber noch mal.

Sie hat ein Buch dieses Workshop-Schriftstellers entdeckt. «Da schau her, nominiert für den Deutschen Jugendliteraturpreis.»

«Guter Klappentext?»

«Geheimnisvoll genug, scheint was mit dem All zu tun haben.» Blanka lächelt: «Hast du noch eins dieser Papierchen für mich, K.?»

TREPPEN

Wieder zurück im Freien machen Blanka und ich uns auf die Suche nach den anderen. Die Luft ist noch immer herrlich mild, fast warm und erfüllt von Aromen exotischer Speisen, dem Duft von frisch gebrühtem Kaffee und süßem Gebäck. Die Häuserfassaden zieren bunte Graffiti und zum Teil kunstvolle Wandmalereien, Erzählungen von Freiheit und Rebellion. An einer Ecke spielen Straßenmusiker, sie ziehen eine kleine Menschenmenge in ihren Bann. Von unserer Gruppe fehlt jede Spur.

Blanka textet Lukas. Als die Antwort kommt, sagt sie: «Die sind in Richtung Elbstrand unterwegs. Wollen in der Sonne ein bisschen abhängen.»

«Und jetzt?»

«Jetzt schauen wir uns diesen Klotz eben allein an. Ich sehe doch die Panik in deinem Gesicht, K. Und nach Strand ist mir heute nicht.»

«Ich kann das Referat auch so für euch schreiben.»

Sie späht mit leicht zusammengekniffenen Augen am Bunker hoch: «Gut», sagt sie, «erzähl mir auf dem Weg nach oben vom Krieg und vom Überleben, du Lexikon. Erzähl mir, was ich wissen muss.»

Wir reihen uns vor einem Tor mit Drehkreuzen in eine Warteschlange ein, die meisten Leute Touristen auf Stadtbesuch. Typen vom Sicherheitsdienst werfen einen Blick in meinen Rucksack und Blankas Bauchtasche.

Wir dürfen passieren.

Ein paar Meter weiter beginnt ein Wanderpfad aus Stahltreppen, die an der Außenseite des Bunkers montiert wurden und sich um das graue Monument herumschlängeln.

Ihre Stufen führen zum Dach, von wo aus man dann weit in die Ferne sehen können soll.

Während unseres Aufstiegs referiere ich ein bisschen.

Fast zweieinhalbtausend Zwangsarbeiter haben in den 1940er Jahren schuften müssen, um den Bau des monströsen Klotzes in einem atemberaubenden Tempo zu schaffen. Nach nicht einmal einem Jahr war man schließlich fertig. In den Bombennächten der letzten Kriegsjahre fanden bis zu 25 000 Bewohner der Stadt auf einmal im Inneren Schutz.

Blanka streicht im Gehen mit den Fingern über die raue Haut aus Beton, die noch immer Narben aus dunkler Vergangenheit trägt. «Ist es nicht verrückt, dass es hier heute einen Club gibt?» Sie zeigt auf eine massive Stahltür zu unseren Füßen, darüber prangt eine großformatige Rasierklinge. «Ich glaube, da würde ich gerne mal feiern.»

«Das ist natürlich praktisch, ein Club in einem Bunker, wegen der Lautstärke», sage ich.

Sie bleibt stehen. «Kannst du es nicht auch fühlen?» sagt sie, als würde sie ein Geheimnis verraten. «Dieser Ort hat eine Seele, K. Er trägt die Erfahrung von Angst, Gewalt und Überleben in sich. Das verleiht ihm Anziehungskraft.»

«Du romantisierst das,» sage ich. «Es ist ein Club. Menschen kommen, um zu trinken, zu tanzen, die Realität zu vergessen. Es ist nichts anderes als eine Flucht. Aber gut, ich verstehe davon wenig.»

«Mein Gerede klingt dir zu esoterisch, richtig?»

«Das hast du jetzt gesagt.»

«Wieso bist du nur immer so unempfänglich für alles, was für den Verstand nicht ohne Weiteres überprüfbar ist?»

Ich halte ein paar Schritte Abstand, die Hände in den

Hosentaschen. Es tut mir immer leid, wenn sie meine Antworten enttäuschen. Trotzdem kann ich nicht anders, ich zucke mit den Schultern, lächele skeptisch. «Es ist nur Beton. Zusammengehalten von einem robusten Stahlskelett.» Meine Stimme ist fest, als wolle ich nicht zulassen, dass Blankas Worte mich getroffen haben. «Ein Überbleibsel aus einem Krieg weit vor unserer Zeit.»

Sie legt den Kopf schief und blickt mich ernst an. «Du sagst das jetzt, weil wir hier draußen stehen, weil du keine Lust hast, deine Vorstellungskraft zu bemühen. Und was du eben zum Besten gegeben hast, das ist ungefähr so, als würde man behaupten, eine Geschichte ist nur eine Aneinanderreihung von Wörtern, zusammengehalten von Grammatik. Aber was, wenn das Feiern hier keine Flucht ist? Was, wenn es genau das Gegenteil ist? Was, wenn das Tanzen und der Rausch dabei helfen, uns mit der Realität auseinanderzusetzen? Mit dem Leben, mit dem Tod?»

Ich hebe die Augenbrauen. «Das klingt jetzt schon sehr spirituell. Als gäbe es hier geheime Wahrheiten zu entdecken.»

«Vielleicht gibt es die,» sagt sie, «du bist echt ein schwieriger Fall, K.»

«Und du bist heute anders», sage ich, «kann das sein?»

GELÄNDER

Der Ausblick vom Garten der Dachterrasse über die Stadt macht wirklich etwas her. Aber um mich über die Kirchtürme, Bauwerke, Wasserläufe, die Fahrzeuge und Menschen in Miniaturformat zu freuen, gibt es dann keine große Gelegenheit mehr.

«Du hast mich gar nicht gefragt, warum wir die Zettel verteilt haben», sagt Blanka.

Der Wind trägt Geräusche von unten herauf, das Rumoren des Verkehrs, das Gelispel der Blätter und Zweige der Begrünung, doch das alles klingt gedämpft, weit weg.

«Na gut», sage ich, «was genau erfährt man, wenn man den Anweisungen auf den Zetteln folgt?»

«Man gelangt zu einem Tagebuch, einem Blog.»

«Ja, und?»

«Von einer Abiturientin, die eine Albtraumdiagnose bekommen hat.»

Hinter uns fällt eine leere Flasche um, gefolgt von einem überraschten Gelächter, das Klötern und die Reaktion darauf wirken in dieser Höhe eigenartig fremd auf mich. Ich sage: «Krebs?»

Blanka schaut in die Ferne, das Gesicht regungslos. Lange schweigen wir, bis sie, ohne mich anzusehen, sagt: «Das Wort wird nicht genannt. Der Name des Feindes ist tabu.»

Ich habe eine lange Leitung, muss ich zugeben. Ich frage: «Kennst du die?»

Nun dreht Blanka sich zu mir, schiebt die Sonnenbrille auf der Nase ein Stück nach unten, guckt mich über den roten Rand hinweg an. Auf eine Art, auf die man in solchen Momenten nicht angeguckt werden möchte.

Der Magen dreht sich mir um.

«Ich muss dich um etwas bitten, K. Du behältst es für dich.»

«O. k.», sage ich mechanisch.

Aber Blanka ist noch nicht fertig: «Du sprichst nicht darüber, mit keinem. Und auch wir zwei sprechen miteinander nicht darüber, nie. Alles, was ich teilen mag, kannst du ja nachlesen im Tagebuch.» Ihre Stimme ist ruhig, beinahe sachlich, als würde sie mir das Wetter vorhersagen.

«Scheiße!» Ich spüre, wie die Luft plötzlich schwer wird. Zu schwer. Sie drückt gegen meine Brust. Ich sage nichts weiter, es geht nicht. Und ich weiß auch nicht, was es im Augenblick noch groß zu sagen gäbe.

«Du darfst jetzt auf keinen Fall heulen!»

«Scheiße!», sage ich wieder.

Das satte Grün des Hochgartens und der blaue Himmel über uns erscheinen mir wie Hohn. Im Kopf zieht ein Sturm vorbei, wild und unberechenbar. Meine Hände umklammern das kühle Geländer.

«Du wirst dich daran gewöhnen», sagt sie.

«Und wenn ich das nicht will? Ich will das nicht!»

«Du bekommst eine Belohnung», sagt Blanka.

Mein Blick gleitet zurück über die Welt zu unseren Füßen. Ein riesiger Flickenteppich aus Stein, Glas, Grünflächen und Asphalt. Ich sehe die Dächer, die grauen Linien der Straßen, die winzigen Autos und Menschen, die wie Blutkörperchen durch die Adern der Stadt strömen. Das ganze Leben, das unermüdlich weitergeht. «Ich will nichts», sage ich.

«Gut. Aber ich will, dass dieser Tag in Erinnerung bleibt, und zwar in guter. Der Tag, bevor ich zum Frisör gegangen bin.»

ZAHNPASTA

Auf dem Platz gegenüber vom Bunker steht ein Fotoautomat. Dort machen wir zusammen Passbilder in Schwarz-Weiß. Blanka mit der Bienenkorbfrisur und der schmalen Narbe am Haaransatz, ich mit Puddingschüsselhaarschnitt und dem Gesicht ohne Eigenschaften.

Alles bleibt fast normal in den nächsten Wochen.

Sie holt mich morgens pünktlich ab, sitzt neben mir im Unterricht, macht Notizen, als wäre nichts. Als würde da kein unsichtbarer Countdown in ihr ablaufen, bis die schleichende Zerstörung ihres Körpers vollendet sein wird.

Sie lacht mit den anderen. Sie liest weiter Bücher.

Und doch ist alles anders.

Einmal ertappe ich mich im Supermarkt dabei, wie ich vor dem Regal mit den Zahnpastatuben stehe und mich frage: Was für Menschen denken sich das aus? Diese Farben. Diese Formen. Diese Worte. Nichts daran ist schön.

Nichts.

Gefühlt stehe ich Minuten dort, starre auf das Sortiment und ekele mich.

Aber auch das behalte ich für mich.

Und Blanka schreibt.

Mehr und mehr. Eintrag um Eintrag wächst ihr Tagebuch. Der Beginn lautet so:

«Alles, was wir sind und erschaffen, wird vergehen im Lauf der Zeit, wird Opfer der Verfallsprozesse.

Glaub an höhere Mächte und das Paradies.

Glaub, was du willst.

Aber glaub ja nicht, dass der Tag nie kommt, an dem dir der Boden unter den Füßen weggezogen wird. Und alles, was dann noch bleibt, ist der Abgrund. Keine Gewissheit, kein Netz. Du wirst versuchen, dich festzuhalten, an was auch immer. Aber da ist nichts.

Du bist nicht bereit.

Das wirst du niemals sein. Keiner ist es. Egal, wie sehr du dich an etwas wie die Hilfe von anderen Menschen oder Hoffnung auf ein Wunder klammerst, wie sehr du dich ablenkst – am Ende stehst du trotzdem allein da.

Vor dem Sturz.

Du bist hilflos, wenn dir eine Ärztin mitteilt, wie es um dich steht, mit einem Satz, den sie sich genau für solche Situationen zurechtgelegt hat, den sie so abrufen kann wie ein Handwerker blind nach dem richtigen Schraubenzieher in der Kiste greift.

Und das Schlimme ist nicht der Moment, in dem du fällst. Es ist die Zeit, in der du weißt, dass es kommt, aber du nichts tun kannst. Die Welt dreht sich weiter, aber in deiner Vorstellung spielst du es bereits durch. Und plötzlich geht dir auf, es gibt kein Zurück mehr, es wird alles vorbei sein. Einfach so.

Das Nichts öffnet seinen Schlund.

Das Erschreckende daran ist: Du denkst immer wieder, du hast noch Zeit, hast Kontrolle. Aber in Wahrheit ist längst ALLESAUSSERKONTROLLE und das Leben weg, bevor du es merkst. Also flieg, lass los, genieß das Fallen.

Mein Name ist Blanka. Ich lehne es ab, ohnmächtig und wehrlos zu sein. Ich will fühlen, dass ich lebe.»

Diesen Beginn lese ich immer wieder.

Anfangs lese ich alles, was sie schreibt, immer wieder. Lese es wie eine fremde Sprache, die ich nicht verstehe.

So erfahre ich auch einiges, was mir sonst verborgen bleiben würde.

Blanka fährt wirklich zum Feiern in den Club, schreibt

davon, wie sie beim ersten Mal dort, getränkt in buntes Licht, getragen von der Musik, tanzt, wie sie es genießt, sich dabei in einem schwebenden Zustand zu befinden, in dem sie sich ganz und gar im Hier und Jetzt fühlt, die Zeit vergisst.

Von da an fährt sie fast jedes Wochenende los. Nimmt freitags vorher noch den Klimastreik mit, wenn einer stattfindet. *«Jeder Schritt, den ich mache, ist ein Schritt für etwas, das weit über mich hinausgeht»*, schreibt sie in ihr Tagebuch, *«inmitten all dieser Menschen fühlt es sich an, als wäre ich Teil von etwas Größerem.»*

Ich starre häufiger als sonst das Poster an meiner Wand an. Den blassen blauen Punkt inmitten des Weltalls.

In der Schule sitze ich neben ihr und spüre die Distanz, die wächst, die sich nicht in Zentimetern, sondern in Erlebnissen und Erfahrungen misst.

In einer Pause schiebe ich ihr die Matheaufgaben zu, mehr oder weniger ein Automatismus inzwischen, rechne mit nichts.

«Du kommst heute Abend mit?» Blanka sieht mich aus heiterem Himmel an, richtet die Augen auf mich, als wäre es das Selbstverständlichste der Welt.

Ich schüttle den Kopf, zu überrascht, um eine Ausrede zu finden. «Wohin?»

«Bunker», sagt sie, als wäre das alles, was es zu wissen gäbe. Sie sagt es so leicht, so beiläufig, als wäre das unser neues Leben. Weggehen. Die Nacht auskosten, die eigene Vergänglichkeit umarmen.

BILDSCHIRM

Die Monate rasen dahin, die Abiturzeit geht in die finale Phase. Die Nähe, die es zwischen ihr und mir gegeben hat, beginnt zu bröckeln.

Schwer zu sagen, wer wen auf Abstand hält.

Weil wir nie über die Krankheit reden, weil wir hauptsächlich nur noch Belanglosigkeiten austauschen, ertappe ich mich einmal bei dem Gedanken, dass Blanka sich alles auch ausgedacht haben könnte.

Ist, was sie schreibt, nur Fiktion?

Unter meinen Füßen scheint bei dem Gedanken eine unsichtbare Bruchlinie aufzuklaffen, das geht ganz plötzlich.

Ich fühle es.

Treibt sie mit mir und allen anderen Lesern eine Art mieses Spiel? Ja, tut sie, was sie tut, am Ende bloß, um mir eine Lektion zu erteilen?

Aber welche?

Das ergibt natürlich hinten und vorne keinen Sinn, doch diese absurde Idee erschreckt mich so, dass ich jeden ihrer Sätze eine Weile mit anderen Augen lese. Manchmal komme ich vor in ihrem Tagebuch. Als Nachbar K. – mit dem man über Literatur spricht. Der einem bei den Hausaufgaben hilft. Mit dem man zuweilen über Zukunftsträume redet. Mit dem man darüber streiten kann, wie das Jungsein geht.

Ich bin eine Figur in ihrer Geschichte. Kaum mehr als eine Randfigur, aber ich merke, wie es mich verwirrt, dass mir die Deutungshoheit über unsere gemeinsamen Begegnungen ein Stück weit abhanden zu gehen droht, dass sie mich zu einer Art Stichwortgeber für sich macht. Aus Gesprächen zwischen uns bastelt Blanka Dialoge, passt sie an, spitzt sie zu.

Die Wirklichkeit verzerrt sich.

Nirgends ein Wort darüber, dass mir seit der Exkursion zum Bunker alle Zukunftsträume lächerlich vorkommen. Geschmacklos. Schließlich wird die Zukunft, so unvorhersehbar sie sein mag, eine ohne Blanka sein.

Stattdessen komme ich als der Typ rüber, nett, aber auch leicht peilo, der das Leben verpasst, der sich die Welt am liebsten vom Leib hält, der meist klaglos tut, was von ihm erwartet wird. Das trifft mich.

Blanka mag zum Teil richtig liegen, aber ich empfinde es ganz anders. Ich fange an, ihren Worten zu misstrauen.

Stimmt es, was sie vom Nachtleben schreibt?

Sie erzählt von der Überwältigung, vom Trost, den sie dort angeblich findet.

Und einmal berichtet sie sogar davon, wie sie nach Stunden des Loslassens einen so tiefen Frieden in sich spürt, dass sie bei der Rückkehr in ihr Zimmer plötzlich das Bedürfnis hat, auf die Knie zu gehen und zu beten.

Ich zweifle.

Gleichzeitig schäme ich mich, als ich mich an ihr Schicksal erinnere, schäme mich für meine gekränkte Eitelkeit, für jeden unsinnigen Verdacht, für alles.

Sitze dabei allein im schwachen Licht meines Zimmers.

Die Welt draußen ist still, als wäre sie eingefroren. Mir läuft es auf einmal kalt den Rücken runter, die Buchstaben vor mir verschwimmen. Der Schein des Bildschirms taucht meine Hände und meinen Oberkörper in blasses Blau. Überall sonst um mich herum ist es dunkel, das einzige Geräusch das leise Rauschen des Rechners.

Ich klappe ihn zu, nachdem ich die Sache mit dem Gebet gelesen habe. Und danach höre ich auf, in ihr Tagebuch zu schauen.

PARKPLATZ

Die letzten Prüfungen. Die Mottowoche. Der Abiball. Die Zeit, in der mich auf einmal die Schlaflosigkeit in Schüben zu quälen beginnt. Die Müdigkeit kriecht wie ein lebendig gewordener Schleier durch die Tage, sucht meine Nähe, hüllt mich fest ein in transparenten, kalten Stoff. Nachts ist es, als würde ich im Kopf ruhelos nach dem Lichtschalter tasten und ihn nicht finden, weil es ihn nicht gibt. Es gibt auch keine bequeme Position mehr. Die Matratze drückt in den Rücken, das Kopfkissen fühlt sich zu hart an, zu warm, meine Haut spannt.

Ich rede mit niemanden darüber.

Wie sollte ich auch, ohne dabei Blanka zu erwähnen? Es ist ihr Wunsch gewesen, nicht über die Krankheit zu sprechen, das respektiere ich. Und ich finde das jetzt immer einleuchtender, ich verstehe das, glaube ich.

Sie will nicht auf eine Diagnose reduziert werden.

Sie will nicht ihre Krankheit sein.

Mir geht es besser, als ich kapiere, dass Mitleid den anderen nur klein macht. Wer Mitleid empfindet, erhebt sich, sendet an einen Leidenden die Botschaft, ihn als schwach zu empfinden.

Wem ist das schon angenehm?

Blanka wird mir texten wegen der Abschlussfahrt. Ich

weiß nicht, was ich will. Was ich wollen soll. Aber ich werde den Rucksack packen, als ich merke, wie das Selbstmitleid in mir hochkommt.

Ich werde draußen auf der Terrasse mit meinem Spiegelbild tanzen. Kurz vorm Erwachen des Tages.

Blanka wird später zweimal hupen.

Sie holt mich früh am Morgen ab und macht einen Zwischenstopp beim Arzt. Ich habe nicht gewusst, dass sie bei einer Psychologin in Behandlung ist. Während sie in der Kleinstadt, nur wenige Autominuten entfernt von unserer Schule, vor dem schmucklosen Ärztehaus einparkt, erzählt Blanka mir, dass ihr die Therapie hilft. Ähnlich wie das Schreiben. Die Gespräche würden etwas mehr Ordnung in ihr Denken bringen, ihr beim Sortieren helfen, auch was das Verhältnis zu den Menschen in ihrem Umfeld angeht.

«Wie nah dran ist weit genug weg? Und wie weit weg ist nah genug dran?», sagt sie, schaltet den Motor aus und schnallt sich ab. Dann fügt sie noch hinzu: «Stimmt was mit meinem Gesicht nicht? Du guckst so komisch, K.»

«Das klingt richtig gut», antworte ich. Ich weiß nicht genau, wieso mich das so bewegt, dass sie doch mit jemanden über ihre Sorgen spricht, weiß nicht, ob mich das verletzt oder erleichtert.

«Du bist ganz blass.»

Ich schüttele den Kopf, als würde sie sich irren. Und während ihrer halbstündigen Sitzung, schlafe ich dann im Auto ein.

WINDSPIEL

Wir werden am Meer Zelte aufbauen. Mit Hilfe von Lukas, Cleo und Armin. An einem Wohnwagen in der Nähe klimpert ein Windspiel in der leichten Brise. Insektensummen liegt in der Luft.

Eine ältere Frau, die im Bademantel vom Strand zurückkommt, fragt, was wir hier wohl zu feiern vorhaben: «Das Ende der Schulzeit?»

«Genau, genau», sagt Blanka und schenkt mir dabei einen unergründlichen Seitenblick, «heute beginnt der Rest unseres Lebens.»

Bereits am Mittag laufen die ersten Trinkspiele. Frisbeescheiben fliegen. Sand spritzt auf, wo sich Leute lachend am Strand hinplumpsen lassen.

Wir werden in größerer und kleinerer Runde alles Mögliche diskutieren, wir werden herumphilosophieren über das Leben.

Ich werde versuchen, das Gerede der anderen über das, was angeblich Jungsein ausmachen soll, als etwas zu entlarven, das voller Widersprüche steckt. Ich werde mich provoziert fühlen, weil sie nicht aufhören, all das, was ihnen Spaß macht, zu glorifizieren. Ich werde nicht ernst genommen werden.

Selbst von Blanka nicht.

Wellen rollen im Hintergrund unermüdlich ans Ufer, Hände pflücken Flaschen aus Bierkästen, Flaschen werden zurückgestellt. Der Nachmittag geht zur Neige.

Wir werden über Suizidmethoden reden.

Die Stimmung wird kippen, Blanka mir den Autoschlüssel zuwerfen.

Alle, die da sind, werden auf mich einwirken, besonders Lukas, habe ich das Gefühl. Er will wissen, was mein Problem ist. «Das ist bestimmt schwer für dich. In der Schule bist du der Star gewesen.»

«Sagt der Star der Schülerschaft – sehr lustig», gebe ich zurück.

Kester, in der Schule immer Bester, das sei jetzt vorbei, meint Lukas. Nun müsse ich eben Bester in etwas anderem werden, rät er, es gäbe ja noch genug zu lernen auf dieser Welt. Langfristig könne ich bestimmt als Forscher für Furore sorgen, helfen, den Klimawandel aufzuhalten oder bislang unheilbare Krankheiten zu besiegen. Aber kurzfristig wäre es an der Zeit, mal etwas Neues zu lernen. Das Jungsein. Das Abschalten.

«Schule ist aus», nickt Armin.

«Für immer», sagt Cleo, «finito.»

«Du wirst dich an das neue Leben schon noch gewöhnen. Wie meine Oma immer sagt, man gewöhnt sich an alles.»

«Ich will eigentlich keine Oma-Gedanken denken, glaube ich. Und vielleicht will ich mich an kein neues Leben gewöhnen.»

Ich schaue Blanka an.

Das Bandana, unter dem ihr raspelkurzes Haar versteckt ist.

Der Unterarm, übersät mit Schrift in Kugelschreiberblau.

Sie schaut zurück und trotzdem scheint sie mich nicht wirklich zu sehen.

Es ist unsere Aufgabe, die Aufgabe von uns Jungen, sich nicht einfach so von Widerständen unterkriegen zu lassen und das Universum herauszufordern, hat sie damals in ihrer

Geschichte geschrieben. Denn das Universum erscheint uns ungerecht und grausam, mörderisch und unbarmherzig.
Ich habe keine Ahnung, ob das nicht einfach nur gut klingt.

PLASTIKROSE

Im Übergang von Tag zu Nacht wird der Himmel verblassen. Orange glimmende Streifen werden sich über den Horizont ausbreiten, und das leuchtende Grau des Wassers wird sich mit dem aufkommenden Dunkelblau der nahenden Nacht mischen. Ich werden zusehen, wie die ersten Sterne am Himmel aufblitzen. Klein, flimmernd, als würden sie jeden Moment wieder erlöschen.

Lukas Umarmung.

Sein Atem auf meiner Haut. Alkoholgeruch wird mir in die Nase steigen. Ich werde mich kurz darauf auf den Weg machen, allein, ich werde am Parkplatz stehen und ein letztes Mal den leisen Wellengesängen und der Musik aus der Ferne lauschen. Hell meine ich darunter auch noch ganz zart das Klimpern des Windspiels zu hören.

Aufbruch mit Blankas Auto nach Hamburg.

Der Unfall.

Der Rettungswagen.

Mit Blaulicht werden wir unterwegs sein, in die Stadt, in die ich es mit dem leeren Tank nicht mehr geschafft hätte.

Im Krankenhaus werden sie jede Menge zu tun haben. «Teilorientiert. Mindestens Gehirnerschütterung», schnappe ich aus dem Gespräch bei der Übergabe auf.

Der nette Sanitäter wird mich abklatschen, bevor er zum nächsten Einsatz aufbricht, zurück in die Nacht muss. Als er weg ist, wird man mich durch unfassbar lange und niedrige Flure schieben, entlang unter erbarmungsloser Beleuchtung und über graues Linoleum, vorbei an einer Unmenge Türen, vernarbt von unzähligen Betten und Geräten, die dagegen gestoßen wurden, Türen, hinter denen bereits zigfach Leid und Tod zu Besuch gewesen sind.

Diesem Ort fehlt Liebe, werde ich denken.

Ich werde am Bunker das erste Mal Bruno begegnen.

Dann Kim.

Das silberne Döschen. Das Kiffen auf dem Altglascontainer. Dombesuch. Schießbude. Hafen.

Kims Zusammenbruch, ihre Kameraden.

Das seltsame «Happy Birthday!»

Der Poller, auf dem ich sitze und das Mondspiel spiele.

Die Möwe.

Während ich auf den Fluss schaue, werde ich mich daran erinnern, dass Lukas nach der Umarmung vorhin noch gesagt hat, dass es nie wieder Tag für mich werden würde, sofern dies tatsächlich meine letzte Nacht sein sollte.

Was natürlich stimmt.

Wobei ich nicht genau weiß, was daran das Dramatische sein soll. Bis zum Ende der Nacht ließen sich in meiner Vorstellung noch viele Sonnenaufgänge und helle Tage ausmalen, wenn ich wirklich wollen würde.

Ich drehe die Plastikrose, die Kim mir geschossen hat, am Stiel zwischen den Fingern, in die eine Richtung und in die andere.

In unserem Bewusstsein ist Zeit nichts, das einfach nur linear vergeht.

BIERDECKEL

Déjà-vu – das seltsame Gefühl, einen Moment schon einmal erlebt zu haben: Ich werde von Lenny angesprochen werden. Im Licht der Lampen am Ponton scheint sein blaues Haar zu glitzern, und mir ist sofort, als hätten sich unsere Wege schon einmal gekreuzt. Möglich, dass ich ihn einfach mal in einer seiner Mini-Rollen im Fernsehen gesehen habe.
Was ich sicher weiß: Es gibt Stimmlagen, die mich fesseln. Vielleicht auch weil meine eigene Stimme mir eher dünn vorkommt. Jedenfalls: Lennys Art zu sprechen, bringt etwas in mir zum Schwingen. Wie ein altes Lied, das man fast vergessen hat.
Wir werden vom Hafen ins Nachtleben zurückkehren.
Das Flaschensammeln.
Das Glasgeklapper im Gitterkorb des Einkaufswagens.
Bei einer Pause in einem Park wird Lenny eine rauchen. Wir unterhalten uns über das, was ich in den letzten Stunden erlebt habe, ich zeige ihm die blaue Pille. «Ich habe noch die hier», sage ich.
«Pfffft», macht Lenny und pustet Rauch in die Luft, als wäre er Juwelier und ich jemand, der ihm einen Ring aus einem Kaugummiautomaten zeigt.
«Du weißt, was das ist?», frage ich.
«Mein Rat: Nimm das Ding besser nicht. Das kann dich an Orte bringen, an die du nicht willst. Das ist wie bei den Psychonauten, wenn die Pilze müffeln.»
Ich bin mir nicht ganz sicher, ob er das wirklich als Scherz meint.
Ich werde die Pille wieder wegstecken. Wir werden die erste Begegnung mit den Milchgesichtern haben.

Der Kiosk.
Der heiße Kaffee im gerillten Plastikbecher.
Die Halskrause, die ich weitergebe.
Das Gespräch über die Kränkungen im Leben.

Anfangen wird es damit, dass ich Lenny den Fotostreifen zeige und ihm ein bisschen von Blankas Begeisterung für das Lesen und für Geschichten erzähle, von ihrem Schreibtalent.

Lenny wird vermuten, dass ich von meiner Freundin Blanka sitzen gelassen wurde wegen eines anderen. «Kester, wenn du wüsstest», sagt er, «ich kenne mich aus mit Liebeskater.»

«Es ist nicht so.»

«Aber es gibt doch diesen Lukas. Bist du nicht eifersüchtig?»

«Nein.»

Er grinst, als hätte er mich mit heruntergelassener Hose erwischt: «Kann man dir glauben? Was würdest du tun, wenn du eifersüchtig wärst? Was, wenn dir jemand deine Blanka wegnehmen würde? Würdest du dich gerne an ihm rächen wollen? Oder an ihr?»

Ich werde überlegen, wie man sich am Leben wohl rächen könnte. Ich werde außerdem kurz darüber nachdenken, ob es Verrat wäre, Lenny von Blankas Krankheit zu erzählen. Und tue es nicht. «Ich glaube, Blanka und ich könnten nie ein Liebespaar sein. Ich bin ihr nicht gewachsen.»

«Trotzdem gibt es da eine Anziehungskraft. Wieso? Das liegt doch bestimmt nicht nur an deinen guten Manieren, *Kester the molester.*»

«Ich bin ihr nicht gewachsen», wiederhole ich, «und ich bin ich.» Meine Hände fahren vor meinem Gesicht auf und ab, bleiben einen Moment in der Luft hängen, bevor ich sie schlapp sinken lasse.

«Du siehst zum Anbeißen aus.»

«Ha. Ha.»

«Kein Scheiß. Man sieht es bereits. Eines Tages, wenn deine Züge etwas mehr Charakter bekommen haben, wirst du eine Attraktion sein. *A very handsome man.*»

«Es gibt keine Zukunft, man kommt nie in ihr an.»

«*Fishing for compliments?*»

Draußen vor den Fenstern des Kiosks laufen in einem fort Leute vorbei. Gelächter, Gequatsche, Gegröle. Ich zucke mit den Schultern: «Ich bin verlässlich und in der Nähe. Ein dankbares Publikum, vor dem man sich nicht verstellen muss. Ich fand es selbst immer rätselhaft. Aber auch gut. Solche Dinge lassen sich eben nicht so richtig begründen. Das weiß ja sogar ich.»

«Gebraucht zu werden, kann sich gut anfühlen. Und nicht mehr gebraucht zu werden, kann schlimm sein.»

«Wahrscheinlich.»

«Was war die größte Kränkung in deinem Leben, Kester?»

«Du meinst, ob mich mal jemand schlimm beleidigt hat?»

Lenny zieht eine Augenbraue hoch. «Nein. Frühe Verletzungen. Momente, in denen das Schicksal unfair gespielt hat, in denen dein Selbstbewusstsein untergraben wurde. *The cuts in life.*»

«Ich weiß nicht, ob ich richtig hinterherkomme.»

Ein langsames Nicken bei Lenny, wie von jemand, der versteht, aber trotzdem noch nicht ganz zufrieden ist. Er stellt zwei Bierdeckel zu einem Spitzdach auf. Er sagt: «Manchmal wirft dich etwas völlig aus der Bahn, als würdest du plötzlich aufwachen und merken, dass das Leben nicht immer fair ist. Es ist, als ob dir auf einmal klar wird, dass es niemanden gibt, der uns, dich und alle anderen, immer behüten kann. *For example*, als ich erfahren habe, dass unser Hund vom Auto überfahren wurde, konnte ich es einfach nicht glauben. Es war *like a punch in the face*. Plötzlich war er weg, und ich musste lernen, mit dieser Lücke im Leben klarzukommen. Mir hat das gezeigt, der Lauf der Dinge ist unberechenbar und manchmal grausam.»

Er legt eine kurze Pause ein.

«Das tut mir leid», sage ich, weil mir nichts Besseres einfällt.

Aber Lenny macht auch direkt weiter: «Und eine der vielleicht schlimmsten Kränkungen ist für viele, wenn du das erste Mal merkst, dass auch deine Eltern verwundbar sind. Bei mir war das, *when my father was fired*, als er seinen Job verloren hat und wir alle gespürt haben, wie die Unsicherheit über die Zukunft ihn bedrückt. Du checkst, dass die Menschen, die du immer als Helden verehrt hast, selbst mit großen Problemen kämpfen. Es ist, als ob du gezwungen wirst, erwachsen zu werden, bevor du wirklich bereit dafür bist.»

«Ich verstehe, worum es geht, aber ich habe keinen Schimmer, was das überhaupt heißen soll – Erwachsenwerden, habe ich noch nie gehabt.»

«Klar. Du kannst mit 17 nicht wissen, wie es ist, zehn, zwanzig Jahre älter zu sein. Geht nicht. *No way.*»

«Es klingt jedenfalls nicht so, als müsste man sich darauf freuen.»

Lenny piekst eine Zeigefingerspitze mit bunt lackiertem Nagel gegen den Bierdeckelbau. Der fällt prompt in sich zusammen, die Pappen klatschen beinah geräuschlos auf den Tisch. Lenny sagt: «Diese Schockerfahrungen hinterlassen Spuren. Das zu erkennen tut weh, aber es formt dich auch, es macht dich nicht stärker, das nicht, *that's bullshit, a myth*, aber dafür reifer und damit aufmerksamer für die Kostbarkeiten des Daseins, auch wenn es sich in dem Moment, in dem es dich erwischt, nicht gleich so anfühlt.»

«Sind diese Kränkungen also deiner Meinung nach was Gutes?»

«Sie sind unvermeidlich. *Now tell me, for real, why are you here?*»

«Um die Nacht der Nächte zu erleben.»

Er lacht. «Ich bin ganz Ohr.»

«Da gibt es nicht viel zu erzählen. Ich will in den Bunker. Herausfinden, wie das ist, sich ganz zu verlieren.»

«Viel Glück.»

«Niemand traut mir das zu.»

«Ist ja auch nicht leicht, wenn man nicht weiß, wer man ist.»

«Nämlich weil …?» Fragend schaue ich ihn an.

Er kreuzt die Arme vor der Brust: «Na, um sich so richtig, richtig verlieren zu können, muss man sich ja erst einmal finden. Oder?!»

WASSERHAHN

Die Milchgesichter werden draußen vor dem Kiosk auf uns warten. Sie werden uns verfolgen und auf die Pelle rücken.

Ich werde mich in die Enge gedrängt fühlen, spüren, wie mein Blick leer wird, und dann wird Blankas Bild zu mir kommen: Ein Aufflackern im Geist, nicht scharf und deutlich, aber doch sehr real.

Kurz wird mir so sein, als würde sie mich, wo immer sie sein mag in dieser Sekunde, beobachten können. Eine unsichtbare Zeugin, die nicht nur sieht, wie Lenny und ich in diese dunkle Hofeinfahrt geraten, sondern die auch in mich hineinsieht, voll Enttäuschung, weil ich mich nicht zur Wehr setzen mag, nicht kämpfen will. Wofür ich mich selbst schäme.

Das Gerangel.

Das Handgemenge.

Die Schläge, die Lenny abbekommt.

Die Waffe im Hosenbund des Trainingsanzugs.

Ich könnte jetzt denken: Die letzte Nacht, wozu sich groß Sorgen machen? Warum nicht endlich mal über sich hinauswachsen? Aber das, was passiert, passiert intuitiv, hat nichts Durchdachtes, nichts Heroisches.

Die Waffe in meiner Hand.

Die Milchgesichter, die ich in Schach halte, bis sie sich fluchend zwischen Altpapier wiederfinden.

Der Rückzug, das leise Davonstehlen.

Die Waffe, die in Lennys Damenhandtasche landet.

Das Glückstänzchen von Lenny auf der Straße. Er wird mir in die Wange kneifen und durch die Haare wuscheln, mich herumschleudern.

Dann das Warten bei Ernie am Küchentisch. Funzeliges Licht. Vergilbte Wände. Der Raum so eng, dass die Stühle an den Wänden schrammen, sobald wir uns bewegen. Der Boden klebt unter den Schuhen.

Natürlich tropft der Wasserhahn.

Tropft und tropft.

Seine Chromoberfläche ist matt, überzogen von Kalkflecken. Genau dort, wo der Hals in den Auslass übergeht, gibt es einen Riss. Jedes Tröpfchen hängt für einen Moment am Rand, schwer wie Quecksilber, zittert leicht, als ob es sich die Sache noch einmal anders überlegen könnte, löst sich dann und fällt in den Turm aus dreckigem Geschirr.

«What a night, Kester, what a night», raunt Lenny beim Rauchen und starrt durch das verschmutzte Fensterglas hinaus in die Dunkelheit, «was für eine wundersame Welt. Ist das Leben nicht immer wieder schön?»

«Ich hatte kürzlich ein Erlebnis vor einem Regal mit Zahnpastatuben», sage ich, «da habe ich genau das Gegenteil gedacht. Wie deprimierend es doch ist, dass keiner auf der Welt wenigstens dagegen etwas unternimmt, gegen die Hässlichkeit von Zahnpastatuben.»

«If we don't finish Capitalism, Capitalism finishes us, my friend! Aber du hast recht: Auch die Systeme sind von Menschen gemacht.»

«Was ist nur los mit uns?», frage ich mit dickem Kloß im Hals. «Diese Welt ist doch ein einziger Albtraum.»

Lenny wird den Rest seiner Kippe unter den Wasserhahn halten, und noch bevor er zum Antworten kommt, wird sich im Schloss der Wohnungstür ein Schlüssel drehen. Was schade ist, weil ich so nicht mehr erfahre, was Lenny sagen wollte. Was mich andererseits tief durchatmen lässt.

Zu meiner eigenen Überraschung bin ich mir nicht sicher, ob ich sonst nicht noch angefangen hätte zu heulen.

Das schmale Geldbündel, das Ernie auf den Tisch feuern wird.

Das Strahlen in Lennys Augen und die tiefen Falten auf der Stirn unter Ernies toupiertem Blondschopf.
Die schlechten Neuigkeiten.
Die Bengalos zum Abschied.
Die Panik von Lenny. «Vielleicht ein Naturgesetz? Sobald es was zu verlieren gibt, spürst du den stinkenden Atem des Unglücks im Nacken.»

GLAS

Die Flucht ins Theater: Lenny wird verschwinden, heimlich ein Taxi rufen, aus dem Klofenster klettern, und Bruno wird auftauchen. Ich werde im dunklen Foyer stehen, während sich draußen die Milchgesichter, einige ihrer Leute und ein Kampfhund vor der Glastür versammelt haben.
Das Tier zerrt und reißt an der Schleppleine. Von den Lefzen tropft Geifer.
Ich werde mich zu Bruno umdrehen, er wird auf mich einreden.
Er, mein angeblicher Schutzengel.
Ich werde die Nerven verlieren, weil ich gerade alles so satt bin, ich werde merken, wie es mich überkommt und mit Wucht die zwei Schuhe werfen: Ordentlich laut knallen sie gegen die Scheibe, fallen polternd auf den Steinboden im Eingangsbereich.
Ich grinse peilo. Weil ich sicher bin, dass jetzt alles außer Kontrolle geraten wird, das Chaos losbricht, mit allem Drum und Dran vom losprügelnden Baseballschläger über zersplitterndes Glas bis zu kehligem Geschrei und Gebell.

Doch draußen passiert nichts.

Der Fußweg ist leer.

Alles bleibt friedlich und still.

Ich begreife: Ich habe mich zu lange von Bruno ablenken lassen.

Auf Socken stürze und rutsche ich über den fürchterlich glatten Boden vor zur Tür. Ballere mit der flachen Hand dagegen, presse mein Gesicht ans Glas, um zu gucken, wo die Verfolger von Lenny und mir abgeblieben sind, ob sie nicht einfach ein paar Meter weiter stehen.

Ich kann sie nirgends entdecken.

«Die sind weg», sagt die ruhige Stimme in meinem Rücken.

Ich sehe die Umrisse von Bruno in der Scheibe, durch die ich noch immer nach draußen auf die Straße schaue. Ich sehe sein Bild im Glas. Es kann eine optische Illusion sein, ein Trick des Lichts, ein Spiegeleffekt: Zwei enorme Schatten breiten sich hinter ihm aus.

Flügel.

Ich könnte schwören, dass ich sie sehe. Sie schimmern leicht: Federn, so klar zeichnen sie sich ab, dass ich glaube, jede einzelne erkennen zu können. Sie wirken, als ob ein unsichtbarer Wind sie sanft in Bewegung hält.

Ein Kribbeln läuft meinen Rücken hinunter.

Langsam drehe ich mich um. Ganz vorsichtig, als würde ich dem Engel sonst einen Schrecken einjagen können. Und als mein Blick sich von der Scheibe löst und ich Bruno direkt anschaue, sind die Flügel fort.

Nichts als die Umrisse seiner Schultern, die vertraute Silhouette.

Nur Bruno, der herausfordernd lächelt, in seinem Anzug, die Hände tief in den Taschen vergraben.

NOTAUSGANGSSCHILD

Die Spannung in den Muskeln ebbt ab. Um etwas zu tun, schlüpfe ich eilig in meine Schuhe. Der Anblick von eben wirkt dabei noch in mir nach. Meine Gereiztheit hat sich verflüchtigt, eine Art Rührung ist in mir zurückgeblieben, gemischt mit einer Spur Dankbarkeit.

«Sollte es mich nicht wundern, wie du mich gefunden hast, hier in diesem Theater?», frage ich in die Stille des Foyers hinein.

«Sollte es das?» Bruno hebt eine Hand und deutet vage in die Luft. «Könnte ja sein, dass ich überhaupt nicht suchen musste. Dass ich sowieso in der Nähe gewesen bin.»

«Zufällig?»

«Das finde ich jetzt enttäuschend für jemand, der so helle ist.» Er seufzt: «Aber wenn es dir hilft, darfst von mir aus gerne glauben, dass ich ab und zu nachts in Theatern herumlungere, in denen ich schon aufgetreten bin.»

«Alles andere wäre ziemlich durchgeknallt.»

«Sagt Musterschüler Kester, der plötzlich nach der Schule das Schwänzen anfangen will.»

«Ich habe nie geschwänzt.»

«Aber den Rest deines Lebens willst du schwänzen. Warst du in dieser Nacht nicht sogar schon drei Mal ganz dicht davor?»

Ich spüre, wie meine Augen sich verengen: «Himmlische Rettungstaten haben verhindert, dass es geglückt ist? Willst du das damit andeuten?»

«Ich sage mal so: Du scheinst noch nicht bereit zu sein.»

Ich bemühe mich, nicht die Augen zu verdrehen: «Mir grätschen also Kräfte dazwischen, die ich nicht kontrollieren kann, bis ich bereit bin. Bereit für das, was jedem Menschen auf der Welt passiert, und zwar immer wieder auch ohne jede Vorwarnung.»

«Allerdings passiert es jedem auch nur einmal.»

Ich schaue zum grün leuchtenden Notausgangsschild: «Und jetzt?»

«Jetzt halten wir erst einmal fest, dass du gerade ziemlich einsam und niedergeschlagen und aufgewühlt bist. Enttäuscht von Lenny, der dich ausgetrickst hat. Ein Mädchen namens Blanka will dir auch nicht aus dem Kopf gehen. Und ganz generell kommt dir das Leben einfach wie ein unsinniges Spiel vor?»

«Scharfe Analyse.»

«Machen wir einen Pakt?»

«Das würde dir helfen?»

«Würde es. Das hier ist keine Aufgabe, die man sich aussucht. Verstehst du, wer eigenständig aus dem Leben aussteigt, wird nicht mit sofortigem Tod belohnt, sondern muss sich bewähren. Als Engel.» Bruno sagt es so, als würde er Fakten in einer Biopräsentation aufzählen.

«Ich spreche also technisch gesehen mit einem Untoten», sage ich.

«Machen wir einen Pakt?», fragt Bruno noch einmal, als hätte ich gar nichts gesagt. «Du hast nicht viel dabei zu verlieren.»

«Das bin ich aber mal gespannt ...», sage ich.

«Bis zum Ende der Nacht sprichst du noch einmal mit der Person außerhalb deiner Familie, der du ohne Abschied am meisten wehtun würdest. Sobald das geschehen ist, gebe ich Ruhe, dann überlasse ich den Rest ganz dir.»

«Und wenn nicht?»

«Und wenn nicht, nimmst du es hin, dass dies nicht die letzte Nacht ist, schläfst dich aus und denkst dir danach häufiger mal: Was ich heute nicht gebacken bekomme, backe ich eben morgen. Gehst deine Zukunft an. Ganz einfach. Und ich natürlich auch. Denn wie heißt es doch so schön: *Der Engel vergeht mit der Erfüllung seines Auftrags, denn seine Existenz ist Botschaft.*»

«Wie bitte soll ich Blanka erreichen? Und wozu überhaupt?»

«Sehr gut. Du weißt also schon mal, mit wem du sprechen musst.»

«Es ist mitten in der Nacht.»

«Am Bunker war gerade noch Remmidemmi. Du brauchst meinen Vorschlag natürlich nicht zu akzeptieren.»

«Ich kann Blanka überhaupt nicht erreichen. Mein Telefon mit allen Kontakten ist weg.»

«Hm», macht Bruno. Er sieht mich auf seltsame Art an, ganz anders als vorher. Als würde er mich plötzlich fast ein bisschen verabscheuen. «Muss ich großes Mitgefühl mit jemanden haben, der sich für andere unerreichbar gemacht hat? Der pausenlos denkt, man will ihn reinlegen? Muss ich nicht.»

Ich bücke mich nach Lennys Lederjacke. Es scheint mehr oder weniger egal, wenn ich das richtig sehe, ob ich mich auf das Spiel von Bruno einlasse oder nicht. Also tue ich so, als wäre ich bereit einzuschlagen.

Seine Hand schießt vor und drückt meine.

«Ganz schön fest für einen Engel», sage ich.

Er ignoriert das: «Noch einen Tipp?», fragt er. Und wartet nicht mal mein Nicken ab. «Man ist nie so unerreichbar, wie man denkt. Und kaum jemand ist so leicht auszurechnen wie du, Kester. Das gilt übrigens auch für mich. Wo du mich findest, das weißt du wohl inzwischen.»

FENSTER

Er klopft mir kumpelig gegen die Schulter und schreitet davon in Richtung Backstagebereich. Die Dunkelheit des Theaters verschluckt seine Gestalt. Ich höre die Schritte verhallen und eine Tür gehen.
 Mir entfährt ein halb ersticktes Lachen.
 Was bitte war das denn gerade? Mit jeder verstreichenden Sekunde mehr halte ich mich für das Opfer eines Spuks, eines Hirngespinsts, komme mir vor wie ein Idiot. Ein leichtes Zucken überläuft mich.
 Ich kreuze die Arme, kneife mich mit zwei Fingern einmal so doll ich kann.
 Und dann entdecke ich etwas Weißes am Boden, sehr zart.
 Eine verirrte Feder.
 Vielleicht von einer Taube.
 Es gibt für alles immer Erklärungen.
 Ich ignoriere das weiße Etwas einfach.
 «Das war jetzt mal ein guter Witz», sage ich halblaut in Richtung des Bruno-Plakats. Ich schlüpfe dabei in Lennys Lederjacke. In einer Tasche finde ich sein Sturmfeuerzeug.
 Ich entzünde die Flamme. Benzingeruch steigt in die Nase. Ich leuchte mir den Weg zu den Toiletten aus. Auf der Ablage des Waschbeckens entdecke ich meine Halskrause.

Und am Ende dieses Raums mit der Kachelwand und den Pissoirs steht sehr weit oben ein schmales Fenster offen. Durch die Öffnung wird Lenny vorhin getürmt sein, um sich die weite Strecke zurück durch das Treppenhausgewirr des Theaters zu ersparen.

Lenny ist Tänzer, für ihn war das sicherlich leicht. Ich stelle mich etwas peilo an. Es dauert. Und weil ich am Ende die Entscheidung treffe, mich mit den Füßen voran durch das Fenster zu zwängen, sehe ich nicht, dass ich Publikum habe. Mir rutscht das Bengalo-Ding aus dem Hosenbund. Und erst als ich nach meiner umständlichen Hangelei auf dem Boden in der schmalen Seitenstraße lande, direkt gegenüber von einem hell beleuchteten Tiefgaragenzugang, bemerke ich die beiden Beobachter.

Ein Mann und eine Frau, beide in den mittleren Jahren.

Er: Glatzkopf, Bauch und Overall.

Sie: strenges Businesskostümchen, schlank und Bubikopffrisur.

Die Frau überragt den Mann um eine Handbreit. Die beiden passen kein Stück zusammen, denke ich, bücke mich nach dem Bengalo und stopfe es mir vorne in die Bauchtasche des Hoodies. Da schießt die Hand des Mannes vor, schließt sich fest um meinen Arm. «Mach ja keine Faxen, Freundchen!»

Ich bin völlig perplex: «Was soll das?», stammele ich.

Er stößt mir den Zeigefinger seiner freien Hand hart gegen die Brust: «Ich glaube, wir zwei Hübschen gehen jetzt mal gemeinsam auf die Wache», sagt er spuckesprühend.

BONBON

Wo bleibt der Engel, wenn man wirklich mal einen braucht? Dem klobigen Kerl scheint es mit seiner Drohung todernst zu sein. Er wirkt nicht wie der übliche Kinn-oben-Brust-raus-Typ, den es in dieser Gegend hier an jeder Ecke zu geben scheint. Er will mich tatsächlich abführen.

Ich sträube mich, greife, als er an mir herumzuzerren beginnt, nach dem nächsten Laternenpfahl voller Aufkleber, um mich daran festzuklammern, schüttele wie betäubt den Kopf: «Ich bin in dem Theater eingesperrt worden.»

«Ein Grund mehr, die Polizei einzuschalten.» Sein blasses Gesicht mit den mächtigen Tränensäcken bleibt unbeweglich.

«Es war ein Versehen. Außerdem: Wenn ich Einbrecher wäre, wäre ich bestimmt vorher mal in eine Kletterhalle zum Üben gegangen.»

«Wird sich alles klären», beharrt er.

Da schaltet sich auf einmal die Frau ein. Merkwürdig deplatziert wirkt sie in ihrem sehr seriösen Outfit. Sie streicht über eine ihrer Augenbrauen, schmal und perfekt geschwungen: «Ich kümmere mich um ihn.»

Damit meint sie mich.

Es folgt eine kurze Verhandlung. Der Mann und die Frau kennen sich nicht, stelle ich fest. Sie sind nur beide zufällig Augenzeugen meiner seltsamen Aktion geworden.

Mein Glück ist, dass der Overall-Typ für einen Reinigungsdienst arbeitet, auf dem Weg in den Feierabend ist und nichts dagegen hat, bald nach Hause zu kommen. Mein Pech ist, dass ihn trotzdem sein Pflichtbewusstsein quält. «Ich bin ein anständiger Bürger», sagt er.

Aber als die Frau dem Glatzkopf ein paar Scheine anbietet, um mich freizukaufen, lockert sich der Griff um meinen Arm zumindest ein bisschen.

«Wir brauchen anständige Bürger», sagt die Frau. «Deswegen muss man trotzdem nicht aus jedem Kindskopf einen Kriminellen machen. Reicht auch, wenn wir ihn ein bisschen erschreckt haben.»

«Sie wollen ihn laufen lassen?», fragt der Mann.

«Wissen Sie», sagt die Frau, «wenn wir den jungen Leuten die Ohren langziehen, kommen die uns doch heute sofort mit dem Anwalt, aber ich habe da so eine Idee.» Sie zwinkert vielsagend.

Der Mann hat mich beim Wort Anwalt direkt losgelassen. Er betrachtet die Geldscheine, ringt mit sich. «Es gibt zu wenig anständige Bürger», sagt er, «ich arbeite seit meinem fünfzehnten Lebensjahr.»

Die Frau steckt ihm das Geld in die Brusttasche seines Overalls. «Keine Sorge», sagt sie, «ich hab's, ich kann's mir leisten.»

Der Glatzkopf stiefelt kopfschüttelnd durch den Eingang zur Tiefgarage, verschwindet im Schacht des Treppenhauses.

Sie im Businesskostümchen und ich bleiben also allein zurück unter dem Fenster in der Seitenstraße des Theaters.

«Danke», sage ich, «war echt nett.» Ich ziehe die Rose aus dem Knopfloch der Lederjacke und reiche sie ihr.

Die Frau mit dem Bubikopf lässt eine Augenbraue hochschnellen. Die Geste amüsiert sie wohl. «Christina», sagt sie und schüttelt mir die Hand, «und früher hieß es immer, nett ist die kleine Schwester von Scheiße.»

Sie sieht nicht exakt so aus, wie ich mir diese Reporterin an der Unfallstelle vorgestellt habe, aber doch sehr ähnlich. Gerade Haltung, herausfordernder Blick, gekonntes Makeup. Sie lutscht einen Bonbon.

«Kester», sage ich, «und ich bin wirklich kein Einbrecher.»

«Ein Glück für dich, sehr geschickt sah das nicht aus», sagt sie und grinst ein bisschen, «auch einen Bonbon?»

Ich lehne höflich ab.

Und als Erstes erfahre ich dann über sie, dass sie gerade eben erst ihr Auto in der Parkgarage abgestellt hat, die Nacht für sie jetzt noch beginnen soll. Und als Zweites, dass sie jemanden sucht, der mit ihr anstößt.

«Oh», sage ich, «das war die Idee?»

«Du schuldest mir was, Junge. Eine halbe Stunde deiner Zeit. Ich gebe einen aus. Mein Lieblingsladen ist hier gleich um die Ecke.»

Ich blicke zum lichtverschmutzten Himmel über der Vergnügungsmeile hoch, als gäbe es dort eine passende Antwort abzulesen. «Schätze, es gibt bessere Gesellschaft als mich», sage ich.

Sie saugt die Unterlippe zwischen die Zähne, und ihr Gesicht verhärtet sich, wie bei jemandem, der schwer enttäuscht ist, sich aber um keinen Preis die Enttäuschung anmerken lassen will: «Ist in Ordnung», sagt sie, «das kam wahrscheinlich auch sehr schräg rüber.»

Sie hebt die Hand und stöckelt zackig davon, winkt im Gehen mit den schick manikürten Fingern.

Es riecht nach diesem Bonbonaroma.

Blau.

Ich sehe, dass sie schon fast an der Ecke angekommen ist.

Ich fühle mich ein bisschen schlecht. Außerdem kommt mir ein Gedanke.

«Einen Drink würde ich nehmen», rufe ich ihr hinterher, «und vielleicht dürfte ich danach einmal Ihr Telefon benutzen?»

METALLSTANGEN

Zu meiner Verblüffung führt Christina mich zu einem Striplokal, wo draußen grelle, großformatige Bilder von Frauen mit nackten Brüsten und hohen Glitzerstiefeln Werbung für das Showprogramm machen. Laute Disco-Musik dröhnt bis vor die Tür.

Am Eingang versucht ein Kerl mit Dauerwelle und weißem Lederanzug als Lockvogel und Einheizer, Publikum zu rekrutieren. Er leckt sich grinsend über einen Schneidezahn aus Gold, als er uns reinspazieren lässt. «Viel Spaß, meine Süßen!», ruft er uns nach.

«Die halten uns vermutlich für Mutter und Sohn», raunt Christina mir zu.

Ich habe das Gefühl, Goldzahn und Christina kennen sich.

Wir betreten einen rundum mit blauem Stoff ausgekleideten Raum und alles, was in diesem Laden nicht blau ist, hat die Farbe von Plastikobst. Es gibt rote Lampenschirme auf den Tischen und gelbe Leuchtbuchstaben an der Wand, sie bilden Wörter wie: *Sexy Girls*. Oder: *Lapdance*.

Samtige Wärme hüllt einen ein, es ist auf jeden Fall einen Tick zu mollig und das Licht einen Tick zu schummrig.

Auf einer Bühne mit Table-Dance-Stangen tanzen und strippen junge Frauen. Unter den Gästen hier ist Christina die einzige weibliche Person.

Sie bestellt.

Ein silberner Kübel kommt: Eine Sektflasche lehnt in einem Gemisch aus Eiswürfeln und Tauwasser. Die Kellnerin lächelt, umflort von aufdringlichem Parfümgeruch. Das großzügige Trinkgeld stopft sie sich in den spitzenverzierten BH.

Christina legt die Rose auf unserem Tisch ab, hebt die Flasche, lässt sie abtropfen und schenkt uns ein: «Auf die neue Freiheit!»

«Was genau gibt es zu feiern?»

«Ich bin gefeuert worden. Und wenn die Anwälte mit allem durch sind, werde ich auf einen Schlag einen solchen Batzen Geld bekommen, dass davon ein ganzer Trupp anständiger Bürger für Jahre blau machen könnte.»

Der Alkohol brennt auf meiner Zunge, während sie ihr Glas leert, als sei es frisches Bergquellwasser.

Christina erzählt mir von ihrer Arbeit als CEO einer Dating-Plattform, von ihrer Entlassung, an der sie letztlich sogar mitgewirkt hat, weil das Unternehmen zuletzt so erfolgreich war, dass die Eigentümer es nun zu einem Mondpreis verkaufen wollen.

«Mochtest du deinen Job?», frage ich.

«Du meinst, ob es Spaß macht, CEO zu sein? Ich sage mal so: Viele, die sich wie ich über Jahre hocharbeiten, faseln am Schluss, wenn sie abgesägt werden, ja gerne von Sinnkrise und behaupten, dass sie gar nicht mehr genau wissen, wozu sie das alles getan haben. Lüge! Wenn du an der Spitze stehst und deine Entscheidungen den Unterschied machen, ist das berauschend! Du merkst, wie das bemerkt wird. Wen macht Bewunderung nicht an?»

Ich muss komischerweise gleich wieder an Lukas denken, an seine Rede und nicke. «Wusstest du früher schon, dass du eines Tages Chefin werden willst?»

«Ja und nein», sagt sie. Sie überlegt. «Wir leben in einer Welt, in der wollen doch alle Kontrolle. Das geht früh los: Aussehen, Gewicht, Zukunft, Noten. Man bringt uns bei, dass wir diese Dinge kontrollieren müssen. Noten sind mir am leichtesten gefallen.» Christina rümpft die Nase: «Meine Lehrer waren so was von easy zu durchschauen.»

Ich fühle mich etwas ertappt. Ich erzähle ihr, dass ich das kenne. Ich stimme ihr zu, dass es was hat, die Spielregeln zu begreifen. Ich sage: «Trotzdem gab es bei mir noch nie den Drang, andere kontrollieren zu wollen.»

«Geht es darum? Weiß ich gar nicht. In deinem Alter wollte ich einfach ganz egoistisch das Beste. Das Beste für mich. Ich wollte keine Essensreste von Restauranttellern putzen. Deshalb bin ich heute die, die ich bin. Ich wollte die Fäden für mein Leben in der Hand behalten, mich nicht von anderen Leuten herumschubsen lassen.»

«Wer will das schon?»

Sie funkelt mich an: «Ha! Im Laufe der Zeit geben mehr Leute auf, als du denkst. Klaglos. Man muss das Kommando übernehmen, wenn man sich nicht von anderen herumkommandieren lassen will. Was ist mit dir? Pläne?»

Ich schaue zur Bühne.

Die Metallstangen, an denen die Frauen herumschwingen, glitzern im Scheinwerferlicht. Die Augen der Tänzerinnen sind leer, als wären sie in eine andere Dimension entglitten, während die Körper sich präzise bewegen, fast hypnotisch, aufreizend und anmutig, als drehten sie sich um eine Achse, die zu einer Welt gehört, in der die Erdanziehungskräfte andere sind als unsere.

«Was für mich kommt?», frage ich leicht verlegen. «Keine Ahnung. Wenn schon, will ich was studieren, habe ich bisher immer gedacht. Aber eigentlich will ich auch das nicht.» Christina bohrt zum Glück nicht nach. «Manche behaupten ja, das ist ein Generationending. Und ehrlich, man will die Jungen fördern, und was wollen sie? Am liebsten den ganzen Tag ungestört surfen. Oder wie auch immer das in eurer Sprache heute heißt. Ich frage mich, wozu? Gewonnene Erkenntnisse nach Stunden des Scrollens? Die Krawatte wird wieder schmaler gebunden. Dabei tragen sie nicht mal mehr Krawatten.» Sie guckt mich an: «Ja, du amüsierst dich, aber das ist so.»

«Ich schaue manchmal auch sinnlose Tutorials.»

«Schön. Zu mir ins Büro sind Berufseinsteiger nach einem halben Jahr gekommen, um über mehr Urlaub und Teilzeit zu reden. Aus Angst, auszubrennen. Ich. Lache. Mich. Tot. Fun-Life-Balance. Work-Life-Balance. Bliblablubb. Was soll das sein? Work gehört nicht zum Life?» Sie mustert mich kurz, als wollte sie prüfen, ob ich ihr folge. «Aber was weiß ich, vielleicht ist Jungsein auch wirklich keine Freude mehr.»

«Hast du Familie?», will ich wissen. Es interessiert mich wirklich.

T-SHIRTS

Die Tänzerinnen haben gewechselt. Und die eine kommt jetzt sehr nah an unseren Tisch. Krankenschwesterkostümchen. Frischer Lippenstift auf den Zähnen. Die Haut riecht pudrig-süß. Ein Cocktail aus Überforderung und Erregung macht mich schwindelig.

Ich sehe, wie Christina das amüsiert. Aber in dem Moment kommt auch eine laute Männergruppe ins Lokal gestolpert. Sie tragen alle die gleichen T-Shirts, außerdem Haarreifen mit Puschelfühlern und haben offenbar bereits einen anständigen Alkoholpegel erreicht. Ein Junggesellenabschied. Der Pulk zieht an einen Tisch an der Seite, verteilt sich auf die Plätze.

Ein Typ streckt obszön die Zunge aus.

Die Wampen der anderen schwabbeln beim Lachen. Es wird gejohlt. Ich zwinge meinen Blick zurück zum Sektkübel auf unserem Tisch. Stumpfe und leere Gesichter von Erwachsenen haben mich schon immer traurig gemacht.

«Ein Mann und zwei Kinder», sagt Christina.

«Bitte?»

Mir ist für einen Moment der Faden unseres Gesprächs verloren gegangen. Doch als Christina von ihrer Familie erzählt, bin ich schnell wieder orientiert.

«Sehr wahrscheinlich würde ich gleich morgen wieder einen Job finden, wenn ich wollte», sagt Christina dann, «die Headhunter werden sich um mich reißen. Wobei mein Mann mir schon mehrmals zu verstehen gegeben hat, dass ich zu Hause bereits eine Menge verpasst habe. Eine Auszeit könnte also auch eine Option sein.» Sie presst die Handflächen zusammen, Fingerkuppen an die Unterlippe gelegt, holt anscheinend in Gedanken die Vergangenheit zurück. «Ach, ich weiß nicht.»

«Klingt nach einer schwierigen Entscheidung», sage ich. Obwohl ich mich in Wahrheit überhaupt nicht an ihre Stelle versetzen kann. «Und ich dachte immer, die meisten Menschen würden sofort ihren Job an den Nagel hängen, wenn sie ausgesorgt haben. Spielen nicht alle deshalb auch Lotto?»

Christina lacht hinter vorgehaltener Hand, abgehackt. Dann wechselt sie das Thema. «Mensch lügen sich unheimlich gerne selbst in die Tasche», sagt sie. «Ich bin da keine Ausnahme. Dass ich Frauen attraktiver finde als Männer, habe ich zum Beispiel immer gewusst. Aber ein Lesbenleben, ganz offen, macht dich in der freien Wirtschaft angreifbar. Auch heute noch. Gerade, wenn du nach oben willst.»

«Deshalb bist du hier, in diesem Laden?»

Ich blicke wieder auf die Frau an der Poolstange, die eben bei uns am Tisch war. Kajalumrundete Augen. Ihre Haare zu einem strengen Dutt gebunden, doch einige Strähnen haben sich gelöst und hängen lose um ihr Gesicht, wie zufällige Pinselstriche.

«Meine Familie ist mir wertvoll», sagt Christina, «sie ist sicherlich mehr als ein Alibi, falls du das denken solltest.» Es schmuggelt sich etwas Zärtlichkeit in ihre Stimme. «Doch ich rede heute zu viel. Und du sehr wenig, Kester. Also, wenn du willst, kannst du jetzt gerne mein Telefon benutzen und dich dann auf den Weg machen. War nett, dass du mitgekommen bist.»

Sie schiebt ihr Telefon über den Tisch.

Alkohol und Parfüm schwappen schwer durch die Luft. Ich starre auf das Gerät, das da neben der Plastikrose liegt, als könnte es mir die Erleuchtung bringen. Ich habe Blankas Nummer nicht im Kopf. Ich lese die Uhrzeit vom Display ab und überlege, ob es eine Chance gibt, auf die Schnelle jemanden zu kontaktieren, der weiterhilft.

Und will ich denn Blanka überhaupt erreichen? Es kommt mir gerade völlig absurd vor, dass ich das wirklich je in Erwägung gezogen habe. Der Pakt mit Bruno? Lächerlich. Albern.

Ich lasse trotzdem einmal meinen Blick durch den Laden wandern.

Meine Haut kribbelt. Fast wie zum Beweis, dass da etwas in der Nähe ist, als könnte ich die Gegenwart von jemanden spüren, unsichtbar und wachsam. Vielleicht hinter mir? Oder da draußen irgendwo, zwischen den Lichtern, verborgen in den Schatten der Nacht?

Jeder dieser Gedanken fühlt sich dämlich an. Und trotzdem schüttele ich mich einmal, bevor ich das Telefon dann zurückschiebe: «Glaube, es hat sich inzwischen erledigt.»

Christina hebt eine Augenbraue, bohrt aber nicht nach. «Ich kann dir gerne ein Taxi rufen, ich spendiere dir die Fahrt, wenn dir das was nützt, wohin auch immer.»

«Nicht nötig.» Ich schüttle den Kopf.

Eigentlich müsste ich mich jetzt rühren, könnte einfach aufstehen und gehen, aber ich habe keine Lust, auch nur einen Muskel zu bewegen.

«Es ist natürlich auch noch Sekt da, wenn du willst», sagt sie.

Ich stelle fest: Ich will. Und nicke. «Warum nicht?»

Gerade zieht mich nichts raus in die Nacht.

Gerade reizt mich nichts an dem Gedanken, womöglich Bruno da draußen noch einmal über den Weg zu laufen.

Und komischerweise fühle ich mich hier, an diesem Ort, gerade gut aufgehoben.
Ich kann es mir nicht wirklich erklären, aber vielleicht hat es damit zu tun, dass ich in den letzten Stunden bereits zweimal verlassen wurde.
Es hat sich nicht gut angefühlt.
Obwohl es ja eigentlich bescheuert ist, so zu empfinden, wenn man Menschen gerade erst begegnet ist.
Jedenfalls stelle ich mir vor, dass Christina froh ist, dass ich sie noch nicht verlasse. Und tatsächlich wirkt sie glücklich über meine Antwort, greift sofort schwungvoll in den Sektkühler. Ein Lächeln umspielt ihren schmalen Mund. Es wirkt auf mich, als würde sie sich in dieser Sekunde ganz in dem Moment verlieren. Und es macht Spaß, das zu beobachten.

SCHAUM

Christina hält die Flasche beim Einschenken leicht geneigt, der grünlich-dunkle Glaskörper spiegelt das Bühnenlicht, und die Gestalt einer Tänzerin schimmert darin als unscharfe Reflexion.
Bläschen steigen auf, unruhig, wie kleine Explosionen. Rechtzeitig, bevor der Schaum überläuft, hält Christina kurz inne: «Auf welchen Typ stehst du?»
Es kommt für mich völlig aus dem Nichts.
Gegen meinen Willen schießt mir Wärme ins Gesicht. «Ehm», stammele ich, presse die Lippen zusammen, um nicht größeren Blödsinn von mir zu geben, auch wenn das

nicht leichtfällt. «Deshalb bin ich bestimmt nicht geblieben», nuschele ich, «ich betrachte Menschen nicht so.»
«Von wegen. Blond, braun, rot, schwarz? Perücken? Mal ehrlich, entweder mag man Stupsnasen oder nicht. Warum ist es neuerdings so schlimm, bestimmte Vorlieben zu haben und die auch zu äußern?»
Kurze Pause, in der sie mich mustert.
Dann scheint ihr etwas einzufallen. Sie sagt: «Bei mir in der Klasse gab es damals ein Mädchen, sehnig, knochig, mit schmalen Lippen, hat mich immer an ein stolzes Tier erinnert, das einen heranziehenden Sturm wittert. Das war nicht eins der Blödchen mit einem IQ wie ein Zwieback. Die war besonders.» Christina stellt die Flasche zurück ins Eis. «Was bin ich auf die abgefahren. Was bin ich unglücklich gewesen als Teenager.»
«Hast du damals auch mal darüber nachgedacht, dich umzubringen?»
Stirnrunzelnd nimmt sie ein Schluck aus der Sektflöte: «Wer hat das nicht? Es gibt da diesen seltsamen Selbstzerstörungstrieb der Jugend.»
«Also, hast du.»
Sie lehnt sich zurück, das Glas in der Hand, während sie nachdenkt. «Man stellt sich vor, wie die Menschen am Grab stehen. Der übliche theatralische, überdramatische Kram.»
«Hast du auch überlegt, wie du das tun würdest?»
«Ich ignoriere die Frage», sagt sie. «Ich weiß, dass Jungs eher die harten und Mädchen eher die weichen Methoden wählen.»
«Das ist doch keine Antwort.»
«Ich weiß, dass es Menschen gibt, die sehr verzweifelt sind. Und du weißt offenbar ganz vieles nicht. Noch nicht.

Eine Methode findet sich. Ich hätte vermutlich einen Sprung von irgendwo hoch oben präferiert, fliegen fand ich immer super, aber der Punkt ist doch ein anderer. Ich hätte es gehasst, vom Ergebnis nichts mehr zu haben. Das habe ich zum Glück bald kapiert.»

Die Tänzerin mit dem Dutt biegt sich gerade mit dem Oberkörper um die Stange, fast schlangengleich, als hätte sie keine Knochen. Mit einer Hand hält sie sich fest, mit der anderen fährt sie sich in Zeitlupengeschwindigkeit über den schmalen Stoffstreifen mit Leopardenmuster im Intimbereich.

«Du bist gar nicht neugierig gewesen, warum ich in diesem Theater eingesperrt war», sage ich, trinke einen Schluck vom Sekt. Die Kohlensäure kitzelt im Rachen.

«Wenn Menschen wollen, dass man etwas erfährt, erzählen sie es einem in der Regel früher oder später.»

«Ich habe ein paar wirklich verrückte Stunden hinter mir», sage ich. Und ich weiß nicht, wieso, aber ich erzähle Christina nun im Schnelldurchlauf davon. Woher ich komme. Wem ich schon begegnet bin. Und was ich zusammen mit Kim und Lenny erlebt habe.

Ein paar Dinge lasse ich aus.

Den Unfall zum Beispiel. Und Bruno.

Christina hört geduldig zu. «Klingt wild», sagt sie, «beneidenswert.»

«Und das Seltsame dabei ist», sage ich, «eigentlich wollte ich doch nur in den Bunker, wo Blanka immer hinfährt zum Feiern.»

«Sie dürfte dann vermutlich auch die Person sein, die du anrufen wolltest.»

«Ja.»

«Lass mich raten. Du bist auch so ein unglücklicher Teenager, richtig?»

«Eben nicht. Nicht so. Auch wenn das niemand kapiert.»

«Was kapiert niemand?»

«Du hast vorhin gesagt, ich weiß noch ganz vieles nicht. Aber ich weiß, dass das meine letzte Nacht sein soll. Vielleicht gerade, weil ich nicht einer dieser Unglücklichen werden will. Ich habe auf jeden Fall kein Problem.» Nach dem letzten Satz verschränke ich die Arme. Eine Steilvorlage, natürlich.

«Haben nicht gerade die, die behaupten, sie hätten kein Problem, meist ein besonders handfestes?» Sie lächelt überlegen. «Wogegen wehrst du dich wohl, frage ich mich. Fürchtest du dich davor, Gefühle zu zeigen? Du bist nicht gerne Herdentier, stimmt's?»

Wieder mal so eine seltsame Unterhaltung. Besonders an diesem Ort hier. Ich frage: «Wird das ein Therapiegespräch?» Und es ärgert mich, dass es trotziger klingt, als es soll.

Die Sitzbank knarzt. Christina legt die Hände flach auf den Tisch. Im Hintergrund das gedämpfte Dröhnen besoffenen Gelächters. «Wir stecken alle fest», sagt sie schließlich. «Hast du damit schlechte Erfahrungen gemacht? Mit Therapien?»

«Ich habe damit gar keine Erfahrungen gemacht.»

Christina nickt. Sie sieht mich mittlerweile aber nicht mehr wirklich an, sondern eher durch mich hindurch, «Ich war das erste Mal beim Psychologen mit fünfzehn. Er hat mich gefragt, ob ich eine Todessehnsucht habe. Und ich war sehr erschrocken.» Ihre Worte kommen ins Stocken, sie kneift die Augen zusammen. «Wie alt schätzt du mich?»

Ich schätze, dass noch eine drei vorne steht. Sie lacht, als ich falsch rate.
«Zu jung?», frage ich.
«Zweiundvierzig. Halbzeit.» Sie tätschelt meine Hand.
«Ich konnte mir in deinem Alter das nie vorstellen, so alt zu werden. Und man hat auch mit vielem recht, was man über das Erwachsenwerden denkt. Es ist oft nicht toll. Eins aber, was ich früher gedacht habe und wovor ich echt großen Schiss hatte, ist falsch: Wiederholungen sind nicht langweilig. Manche Dinge werden erst schön, wenn man sie sehr, sehr oft gemacht hat.»
«Zum Beispiel?»
«Sex.»
«Aha.»
«Gespräche im Übrigen auch. Um ehrlich zu sein, bedaure ich es ja sehr, dass das Leben als Ganzes keine Wiederholungen kennt.»
«Ein zweites und drittes Leben, das wäre besser? Ehrlich? Ein einziges Leben sorgt ja schon für reichlich Durcheinander, finde ich.»

STILETTO-ABSÄTZE

Die nächsten Tänzerinnen kommen durch einen schweren, natürlich blauen Vorhang auf die runde Bühnenplattform. Applaus und Gejohle am Tisch mit dem Junggesellenabschied. Hände stecken Geldscheine in Strumpfbänder, ein Kopf verschwindet unter Jubel sogar kurz zwischen Silikonbrüsten.

«¡Hola amigos!», schreit einer der Typen.
Puschelfühler wackeln, und es wird neues Bier serviert.
«Jetzt mal im Ernst», sagt Christina zu mir, «dein Leben beginnt erst.»
«Was soll das heißen? Mach keinen Scheiß?»
Sie will wissen, wie mein Plan aussieht. Auf welche Weise ich denn vorhätte, am Ende der letzten Nacht abzutreten.
Mein Gesicht kribbelt wie verrückt.
«Warst du deshalb im Theater», fragt Christina, «hast du Ausschau nach dem richtigen Ort, dem richtigen Werkzeug gehalten und nichts gefunden?»
Das Gespräch stresst mich.
Ich versuche, ihr auf die lustige Tour zu sagen, dass ich Dummkopf in dieser Nacht schon eine Schusswaffe in der Hand hatte, die ich dann aber einer Schwarzhändlerin überlassen musste. Ich sage: «Wenn ich das richtig verstanden habe, will die einem schwer Depressiven damit eine Freude machen. Was ich habe, sind noch ein Bengalo und ein Sturmfeuerzeug, immerhin. Und meine Schnürsenkel und den Hosengürtel.»
Ich zeige Christina das Feuerzeug.
Eine steile Falte bildet sich zwischen ihren Augenbrauen. Sie sagt, ich solle mir lieber mal eine der Frauen aussuchen. Sie würde mir gerne mein erstes Mal ausgeben. Vielleicht würde mir das helfen.
Ich fühle, wie meine Wangen heiß werden. Ich verpasse den Zeitpunkt, um abzustreiten, dass ich noch Jungfrau bin.
«Brauchst du Bedenkzeit?», fragt sie.
Ich stecke das Feuerzeug wieder weg, ein bisschen umständlich, sage: «Das ist doch völlig ‹peilo› jetzt.»
«Deutlich weniger ‹peilo›, als über das Spiel mit dem

Feuer zu scherzen», sagt sie, packt nebenbei einen dieser blauen Bonbons aus. «Komm schon, schau mich nicht an wie hirntot. Sperr dich nicht. Wenigstens einen Private Dance. Du hast die freie Wahl.»

«Ich kann das nicht, auf keinen Fall.»

Christina legt nach: «Freie Wahl», wiederholt sie, «bei Sympathie geht in deinem Fall bestimmt auch spontan noch mehr. Und wegen deiner Skrupel: Den Frauen wirst du im Vergleich zu den besoffenen Knallköpfen, um die sie sich sonst zu kümmern haben, wie der reinste Engel erscheinen.»

«Die mit dem Dutt eben?», sage ich leise.

Sagt der Primat in mir.

Ich kann es selbst kaum glauben, würde es am liebsten zurücknehmen, fühle mich sofort fürchterlich niedergeschlagen.

Aber ich nehme es nicht zurück.

Der leichte Sektschwips hilft wahrscheinlich ein wenig.

«Siehst du?», sagt Christina, «das ist, was du nur schwer begreifst, wenn du es nicht erlebt hast: Dass Macht was Geiles sein kann.» Und Christina nimmt die Sache auch gleich chefinnenmäßig in die Hand. Sie verhandelt etwas am Bartresen. Geld wechselt die Seiten.

Kurz darauf werde ich abgeholt. Auf Stiletto-Absätzen.

LEDERCOUCH

Die Tänzerin mit dem Dutt lächelt mich an, ausdruckslos und starr: Smokey Eyes. Schimmernder Silberglitzer auf den Augenlidern und Lippen. Die nackte Haut überzogen von Bodyglitter.

Den geifernden Typen vom Junggesellenabschied kullern fast die Augen aus dem Kopf, als ich ihr folge. Ich staune selbst. Obwohl weiter die Disco-Musik läuft, meine ich überlaut das Geräusch der hohen Absätze zu hören, das kalte Klackklack, das den Weg vorgibt.

Ein letztes Mal blicke ich mich um. Erwarte beinahe, dass Christina mir noch einmal aufmunternd zunickt, doch ich sehe nur, dass sie ihr Telefon zur Hand genommen hat.

Mit Beinen wie aus Schaumstoff folge ich der Tänzerin. Im hinteren Teil des Etablissements führen Türen in kleine Kammern.

Auch hier alles blau und überheizt. Dazu verspiegelte Decke, eine Ledercouch. Das Plättchen-Mosaik einer nur faustgroßen Discokugel streut Lichtpunkte über den Boden und an die Wände.

Kaum habe ich mich gesetzt, fängt die Tänzerin an, sich an mir zu reiben. «Nur anfassen, wenn ich die Hand führe, nicht festhalten», haucht sie. Ein tiefschwarzer Wimpernfächer klappt über den Augen nach unten.

«Ist gut», sage ich und finde, dass es wie ein ersticktes Krächzen klingt. Ich lehne mich mit dem Hinterkopf gegen das kühle Leder.

Sie nimmt meine Hand und drückt sie gegen ihren Körper, auf die nackte Haut über ihren Hüften.

Sie hantiert mit den Händen an meiner Hose, knöpft sie auf. Ich ermahne mich, das Atmen nicht zu vergessen.

Sie beugt sich vor.

Ich zucke zurück.

Sie presst ihren Oberkörper gegen meinen. Ihre Lippen an meinem Ohr: «Kitzelt das?»

Ihr Geruch in meiner Nase, Parfüm und Zigaretten.

«Ja», sage ich. «Nein.»
Ihre Finger, schmale Finger mit ausgeprägten Knöcheln, gleiten zwischen meine Beine, in meinen Schritt.
Ich will die Augen schließen.
Kann es nicht: Auf dem Handrücken gibt es eine verblasste Zeichnung, mit Kugelschreiber, die nicht vollständig von der Haut abgewaschen ist. Ein Strudel im Stil von Kindergekrickel, meine ich dort zu erkennen.

SEKTGLAS

Christina schaut etwas überrascht, als ich so schnell wieder zurück am Tisch bin. Sie wischt noch an ihrem Telefon herum. «Oh. Ein abruptes Ende? Echt ist immer anders als Pornoseiten. Tja.»
«Danke noch mal, aber so funktioniert das für mich nicht», bringe ich fahrig hervor. Und ich weiß nicht, ob ich mich jetzt noch mal setzen soll.
Ich bleibe stehen.
«Schade, ich hätte es dir gegönnt. Aber gut, diese Nacht wird nicht deine letzte sein», sagt sie, «setz dich, wir müssen noch einen Moment warten.»
Ich komme nicht hinterher.
Sie erklärt mir, dass sie in meiner Abwesenheit die 112 angerufen hat. Der Notarzt wird sich um mich kümmern, demnächst hier sein.
Ich zähle meine Atemzüge.
Komme bis sieben.
«Okay», sage ich zu Christina, «ist das so ein Mana-

gerinnentrick? Eine Finte, um mir eine Lektion zu erteilen?»

«Das habe ich so gelernt. Resilienz ist ja eins dieser Modewörter der letzten Jahre gewesen. Aber das hat eben auch gute Seiten. Viel Aufklärungsarbeit. Schulungen. Neue Sicherheitsvorschriften. Meine Rolle jedenfalls in solchen Fällen ist klar.»

«Meine auch, nehme ich an. Artig sein und lächeln. Soll ich dir vielleicht auch gleich Feuerzeug, Schnürsenkel und Gürtel aushändigen?»

«Du brauchst jemanden, der dir hilft. Wir besorgen dir jemanden. Und du wirst ganz sicher im Augenblick meinen, dass das nicht nötig ist. Aber wer herumposaunt, dass auf dem Wasser ein Kahn sinkt, muss sich nicht wundern, wenn die Boote der Küstenwache losdüsen.»

Mein Mund wird ganz trocken vor Enttäuschung. «Du hast mir das alles abgekauft, klar.» Ich versuche es mit einem schiefen Lächeln dazu. Nicht sehr glaubwürdig, vermutlich.

Christina ist inzwischen aufgestanden. «Ich hasse schlechte Statistiken», sagt sie, «und wenn ich heute eins nicht will, dann dass mit dir ein trauriger Fall mehr in eine solche Statistik eingeht.»

Da ist dieser Ton hinter der Stirn. Schrill, aufdringlich, gemein. Ich kenne ihn. Kenne ihn, seit ich denken kann. Und seit ich denken kann, mag ich ihn nicht. Er bedeutet: Ich habe etwas falsch gemacht. Ich habe etwas übersehen.

«So darf das nicht enden», sage ich.

«Du hättest einfach mit deinen Freunden feiern sollen, richtig», sagt sie.

«Ich bin leicht auszurechnen», murmle ich.

Christina kommt auf mich zu, verkürzt den Abstand zwischen uns auf eine Armlänge: «Rede mit denen ...» Worte aus der Samtschatulle.

Ich rieche wieder diesen Bonbongeruch.

Blau.

Heult da draußen eine Sirene?

Sie berührt mich an der Schulter.

Sie will mich festhalten. Einer von uns stößt den Tisch an. Bis jetzt hat sich keiner im Lokal um uns geschert, aber nun geht ein Sektglas zu Bruch.

Klirrend.

Zahllose Splitter verteilen sich auf dem Boden. Die Köpfe der Typen mit den Haarreifen drehen sich zu uns. Die Plüschpuschel wackeln auf den Fühlern in der Luft hin und her.

Ich mache mich von Christina los.

LICHTERKETTEN

Überall auf dem Fußweg stehen Leute im Weg, aber ich passe auf. Ich stürme quer über die Straße, als die Autos wegen einer roten Ampel langsamer werden und ich eine Lücke erkenne.

Die feuchte Nachtluft kühlt meine Wangen.

Ich setze einen Fuß vor den anderen, gleichmäßig, fast mechanisch, meine Arme schwingen leicht mit, die Hände steif ausgestreckt.

Blick zurück über die Schulter.

Ein verwackeltes Bild.

Gebäudeumrisse, Leuchtreklamen, Menschen. Kreiselndes Blaulicht, das sich in dem bunten Geflacker der Vergnügungsmeile fast ganz verliert.

Es ist nicht mehr weit, nur hoch bis zur Kreuzung: Wenn ich es bis zum Volksfestrummel schaffe, kann ich Verfolger, wenn es überhaupt welche gibt, leicht abschütteln. Denke ich. Dann fällt mir ein, dass der Rummel garantiert nicht mehr geöffnet hat.

Und das ist auch so. Das Rund des Riesenrads am Eingang steht still und grau gegen den finsteren Himmel.

Ich hetze weiter, Schweiß klebt an meinem Rücken.

Die Fahrgeschäfte stehen alle still, verlassene Stahlriesen im Dunkeln.

Die Lichter sind aus.

Das Gewimmel, das Lachen, die Musik – alles verschwunden. Es ist, als hätte jemand den Hauptstecker gezogen. Die verrammelten Buden schweigen sich aus wie verlassene Häuserreihen einer Stadt, deren letzte Bewohner vor langer Zeit das Weite gesucht haben. Sie bilden Gassen, die sich zu einem dunklen Irrgarten zusammenfügen, in dem jeder meiner Schritte vom Asphalt laut zurückhallt und in die Stille klatscht.

Die Schilder mit ihren grellen Farben und verspielten Buchstaben hängen trostlos in der Luft über den verschlossenen Kassenhäusern von Karussells und Autoscooter-Bahnen. Vorhin noch blinkende Lichterketten umrahmen die Dächer, jetzt sind sie tot und stumpf.

Ich laufe Richtung Bunker.

Du bist leicht auszurechnen.

Die Worte hämmern mir im Laufen durchs Bewusstsein, mal mit meiner eigenen, mal mit Brunos Stimme. Das Bengalo schaukelt in der Bauchtasche meines Hoodies hin und her.

Du bist nicht so unerreichbar, wie du denkst.

Ich erinnere mich an die Uhrzeit auf dem Display von Christinas Telefon. Bis zur vollen Stunde ist es nicht mehr lange hin, überschlage ich im Kopf.

Auch wenn das der größte Blödsinn sein mag: Ich biege ab.

Mein Atem geht schwerer, und jeder Schritt wird von einem dumpfen Pulsieren in den Beinen begleitet. Die Muskeln brennen leicht, als ob sie sich langsam gegen die Bewegung wehren.

Da ist ein dunkler Trampelpfad.

Er führt an der Seite einer Tankstelle vorbei direkt zum dem monströsen Betonklotz, zu dem ich will. Und ich bin mir jetzt sicher, dass mir niemand gefolgt ist. Dann stolpere ich. Über einen offenbar bemannten Schlafsack.

Lege mich lang hin.

Ein Penner?

Eine Leiche?

Ich rapple mich schnell wieder auf. «Sind Sie tot?»

In den Schlafsack kommt Bewegung. Keine Leiche, also. Ein Zausel mit faltigem Walrossgesicht und langem weißem Bart dreht seinen Kopf in meine Richtung, knurrend: «Habe immer versucht, etwas zu finden, wofür es sich zu sterben lohnt. Hat nicht geklappt.» Er hustet. Kann aber auch sein, dass es ein Lachen ist. «Keine Sorge jedenfalls, Jüngelchen, die Beine, gegen die du getrampelt bist, sind gelähmt, in denen habe ich kein Gefühl mehr.»

Seine Gegenwart ist körperlich extrem spürbar.

Es riecht nach alten Socken, ungewaschenen Haaren,

nach Fritten, Schweiß und Selbstverwahrlosungsmuff. Neben dem Weißbart steht ein Rollstuhl.

«Kester!», höre ich einen Ruf hinter mir.

ZAPFSÄULEN

Ich wende mich um. Mein Blick fällt auf das Feld aus hellem Licht unter dem Tankstellendach. Auf die Zapfsäulen: Kein Auto steht davor. Der Ort ist menschenverlassen. Bis auf den Rufer: Als ich aus dem Dunkel trete, kommt er von der anderen Seite mir entgegen, wie immer aufrecht und elegant, Hände auf dem Rücken ineinander verschränkt. Bruno hat seine Augen fest auf mich gerichtet.

Wir nähern uns einander wie bei einem Duell. «Ich habe ein Feuerzeug in der Tasche», sage ich.

«Frei nach dem Motto: *Better to burn out than to fade away?*»

Ich zucke mit den Schultern: «Autokraftstoffe sind leicht entflammbar. Aber ich nehme mal an, selbst wenn ich jetzt eine Benzindusche nehme und mich anzünde, könnte mir nichts passieren. Denn es gibt ja dich, meinen Freund, den Komiker, und unseren Pakt. Welch Glück! Oder wie soll ich das nennen?»

«Glück, Zufall, Vorsehung, Schicksal – such dir was aus.»

«Diese Kategorien sagen mir nichts.»

«Wie Engelserscheinungen. Und trotzdem bist du jetzt hier.»

«Jetzt bin ich hier, genau.»

«Warum?», fragt er, als wüsste er alles über mich.

Ich stehe da, im grellen Licht, neben einer Zapfsäule. Die Schultern schwer von der langen Nacht und dem Laufen: «Warum *was*? Können Engel nicht in einem lesen?»

«Ich weiß, du bist nicht scharf darauf, schon wieder auf mich zu treffen. Aber das habe ich mir so ein bisschen beim Ernst des Lebens abgeguckt. Der hat ja dieses Talent, immer dann ins Spiel zu kommen, wenn die Party sich bereits lichtet. Der gute alte Ernst. Klopft dir frech auf die Schulter, wenn du gerade ins Bett abbiegen willst, sagt: Los, mein Freund, fangen wir an.»

«Erfahrung damit?»

«Oh ja! Alle, die es angeblich so gut mit uns meinen, legen sich ja mächtig ins Zeug. Man fängt früh an, uns einzurichten, dass es unser Ziel zu sein hat, den Ernst des Lebens zu fürchten und sich gut drauf vorzubereiten, oder? Ich habe den Ernst des Lebens nie gewollt. Ich habe auf den so was von keine Lust gehabt. Ich wollte mich von dem Unernst nicht trennen, nie.»

«Kommt jetzt die Geschichte von Bruno, der viele Menschen zum Lachen gebracht hat, weil er das Leben immer freudig umarmt hat?» Ich spiele am Feuerzeug in meiner Hosentasche.

«Ich habe es beinah fünfzig Jahre lang geschafft, alles prima auf die Reihe zu kriegen. Dann erst hat mich in einem schwachen Moment eine psychische Krise aus dem Hinterhalt übel erwischt. Lernst du die Einsamkeit kennen, möchtest du vorm Ernst des Lebens am liebsten sofort auf die Knie fallen und ihn darum bitten, mit dir eine Zweier-WG zu gründen.»

Ich staune über Brunos Alter. Damit hatte ich nicht gerechnet. Und er wird mir nun von seiner Mutter erzählen, die nicht lieben konnte. Von seinem Ehrgeiz. Seiner Jagd nach Anerkennung als jemand, der andere glücklich macht. Der als Alleinunterhalter Jahre auf der Bühne gestanden hat, bis ihm auffiel, dass er keine Dialoge mehr führen kann.

«Ich verstehe die Pointe nicht», sage ich.

Bruno sieht mich an. Er betrachtet mich mit einer Art Traurigkeit: «Ich bin nicht tot gewesen am Ende, und war's doch, innerlich. Bin's. Schwer zu erklären. Das Leben ist kein Monolog. Das hatte ich vergessen. Und die Pointe ist: Das Leben musst du nicht mögen, Kester. Aber wenn du Menschen magst, wirst du lernen, es zu mögen. Sie sind das Leben, die Menschen. Die musst du mögen, wenigstens einen. Ein Mensch kann reichen, ein einziger.»

Ein kurzer Moment ohne Stadtlärm. Die Bäume und Büsche flüstern im Hintergrund miteinander. Ich spitze die Ohren.

Wo hatte ich das schon einmal?

Und dann ist mir, als würde aus den Weiten des Alls ein Klick ankommen, ein Geräusch, das Ewigkeiten unterwegs gewesen ist.

Wie das Geräusch einer Kamera, das ein Foto schießt.

«Ich bin leicht auszurechnen, hast du behauptet», sage ich, «falls das eine versteckte Botschaft an mich gewesen sein sollte, habe ich sie entschlüsselt.»

Bruno macht ein unlesbares Gesicht. «So, so. Du bist bereit?»

«Ich bin jetzt bereit», sage ich, «und du hast mir versprochen, mich in den Bunker zu bringen.»

«Stimmt.» Bruno blickt auf die Uhr: «Oh! Nicht mehr viel Zeit. Zur vollen Stunde muss ich immer da sein. Versprochen ist versprochen.»

ROLLSTUHL

Es ist Brunos Idee: Wir leihen uns den Rollstuhl von dem Weißbart. Gegen eine Gebühr, die der Alte von uns fordert. Ich schenke ihm die Lederjacke von Lenny, greife außerdem in die Socke und ziehe die Geldscheine raus. Sie sind schlaff und zerknittert. Ich traue mich nicht, sie dem Alten direkt zu geben, lege sie auf die Unterlage des Schlafsacks.

Zu Bruno sage ich: «Vorhin hatte ich ja erst gedacht, er ist mindestens der Himmelspförtner, wenn nicht der Allmächtige selbst.»

«Ich bin arm», brummelt der Weißbart, grabscht nach den Banknoten, «und alt. Wo bleibt der Respekt?»

«Der Junge hat heute Abend eine Menge Gutes bewirkt, wissen Sie», sagt Bruno, «und er hat noch einiges vor. Drücken Sie ihm die Daumen.»

Er packt den Rollstuhl an den Griffen, schiebt ihn leer bis zum Ende des Trampelpfads. Dann will er, dass ich Platz nehme.

«Was soll das mit dem Rollstuhl überhaupt?»

«Setz dich da rein. Ich bringe dich in den Club, wie angekündigt.»

Er instruiert mich, ein wenig zu sabbern.

Wir steuern auf den Trichter aus Menschen vor dem Eingang zu. Eine Schneise öffnet sich in dem Gewühl der Leute. Bruno summt eine Melodie, vergnügt und zuversichtlich, wie mir scheint.

«Das soll klappen?»

«Jetzt kommt es drauf an», sagt Bruno, «schaffst du es, in der Zeit, die dir und mir verbleibt, eine steile Lernkurve zu bewältigen?»

Er sagt es nicht zu mir, habe ich das Gefühl.

«Das klappt doch nie», sage ich.

Und dann sind wir wieder da, wo es beim letzten Mal nicht weiter ging. An der Stahltür unter der Rasierklinge. Entschuldigend hat sich Bruno auch an den letzten Wartenden bis ganz nach vorne durchgekämpft.

Zum Türsteher sagt er: «Rollstuhl ist doch kein Problem hier, oder?»

Der Kerl ringt mich sich: «Schwierig, schwierig. Wir können für eure Sicherheit nicht garantieren. Und wie alt ist der da überhaupt?»

«*Der* ist definitiv alt genug, um selbst angesprochen zu werden. Ihr habt ein Problem mit Behinderten? Ich meine, das soll kein Vorwurf sein, ich weiß, es gehen nicht viele Leute mit Rollstuhl in die Clubs. Leider kennen wir das mit den Berührungsängsten.»

Tätowierte Finger kämmen hektisch durch den Bart: «Du bleibst bei ihm?»

Daumen hoch von Bruno.

Der Türsteher schaut auf meine Schuhe. Sie stehen auf den Fußstützen des Rollstuhls, dreckig und abgewetzt, aber auch reglos.

Dann zieht der Typ die Stahltür auf.

Wir werden durchgewunken.

«Eine Sache nur noch», sagt der Türsteher, «‹behindert› heißt das doch jetzt nicht mehr.»

«Doch, doch. Heißt noch so», versichert Bruno, «kommt ja sowieso mehr drauf an, was man tut und wie man sich verhält, als was man von sich gibt.» Er zwinkert dem bärtigen Klotz verschmitzt zu.

AUFZUG

Das leise Quietschen der Räder: Bruno schiebt mich vorwärts. Die Eingeweide des Bunkers empfangen uns mit dem Geruch von Staub und Rost und der steinernen Kühle einer Kirche. Vor uns ein tunnelartiger Gang, beinah wie ein Höhlenschacht. Die Baulichter an der Decke flackern und werfen Schatten auf die Wände.

Entfernter Krach.

Ein Vorgeschmack. An der Quelle wird er einem dann das System durchrütteln, dieser Krach, das ist bereits zu erahnen. Mit pulsierenden Bässen, mit einem Sound, der die leisen Töne rodet, der alle menschlichen Geräusche zermalmt.

Aber noch trennen uns einige Stockwerke vom Ziel, dem Epizentrum der Party, von wo aus die Stoßwellen diesem Betonklotz tief ins Mark dringen.

Mit einem Lastenaufzug müssen wir nach oben.

Bruno drückt den grünen Knopf für aufwärts.

Ein Ruck geht durch die Kabine, über uns ächzt die Mechanik, hieven uns Stahlseile empor. Ein tiefer, dumpfer Ton begleitet uns, als ob das gesamte Gebäude unter Spannung stehen würde. Es fühlt sich ein bisschen so an, als ob wir in einem Zeitloch schweben, ohne Anfang, ohne Ende.

Bruno spricht nicht während der Fahrt, schaut nur geradeaus.

Dann das Knirschen beim Abbremsen.

Wir kommen zum Stillstand. Für einen Moment passiert nichts, als würde der Aufzug selbst den Atem anhalten. Schließlich gleiten die massiven Türen langsam auseinander.

Neonlicht flutet die Kabine, als der Spalt breiter wird.

Die Lautstärke der Musik schwillt an, drückt auf Augen, Ohren und Mund.

Fette Klangwolken wehen über die Köpfe der Clubbesucher auf uns zu.

Wir sind da.

Mitten in einem Labyrinth. Gebildet aus kleineren, größeren und ineinander verschachtelten Räumen. Fensterlosen Räumen. In einem eine Bar, in einem anderen Sitzkissen und Sofas. Lichter tasten zwischen den kargen Betonwänden herum, lila, rot, orange, die Farbkleckse zucken über Gesichter. Von Leuten, die trinken, die sich zur Musik bewegen oder die sich etwas zurufen, was im Lärm versinkt.

Bruno schiebt mich über den stumpfen, klebrigen Boden.

Vorbei an der beeindruckend langen Kloschlange.

Bis hin zu einem Saal – *dem* Saal. Ein riesiger Kronleuchter hängt in der Mitte von der Decke, altmodisch und bizarr inmitten des industriellen Stils. Die große Tanzfläche darunter: überfüllt, die Luft dick von Euphorie und den Schwaden aus der Nebelanlage.

Das Herz des Clubs. Wo die Menge auf den ersten Blick zu einem einzigen, pulsierenden Organismus verschmolzen scheint. Wo es so viel zu sehen gibt, dass meine Augen erst mal nicht mehr mitkommen.

Arme fliegen, Haare fliegen, Schweiß spritzt.

Alle Körper sind in Bewegung.

Die DJ-Bühne: eine rechteckige Insel vor einer kargen, sehr hohen Wand. Die Frau an den Reglern, Korkenzieherlocken und Nasenring, steht auf einer eiförmigen, blauen Kanzel, hebt die Hände immer wieder wie eine Prophetin. Die

Musikanlage pflastert alles mit Lärm zu. Ein Hagelschauer aus höchstens einer Handvoll Noten. Die Luft vibriert. Der metallische Geruch von Elektronik. Der Geruch Hunderter Körper und Hunderter Nächte wie dieser. Jemand hält mir sein Getränk hin. Schweißnasse Hände berühren mich, eine fremde Stimme ruft schrill in mein Ohr: «Jungeeeeee! HIER GEHT DAS AB!»

TANZFLÄCHE

Bruno hat sich neben den Rollstuhl gestellt. Er verschränkt die Arme vor der Brust: «Jetzt bist du dran.»

Ich lese es mehr von seinen Lippen ab, als dass ich es verstehe.

«Viele Menschen!», brülle ich zurück.

«Ich kümmere mich um den Rollstuhl», kommt als Antwort von Bruno.

Ich stelle die Füße auf den Boden, stemme mich an den Armlehnen aus dem Sitz, erinnere mich an unseren Pakt: «Noch einen Ratschlag?»

«Lass dich finden.»

Und damit möchte Bruno sich dann auch entschuldigen. Ihm ist das hier zu viel, behauptet er. Er will sich ein Getränk holen und kurz mal auf den Balkon.

«Es gibt einen Balkon?»

«Wir sind Fahrstuhl gefahren. Wir sind weit oben. Gibt einen famosen Blick über die nächtliche Stadt. Äußerst romantisch, mein Freund.»

Er tippt sich an einen imaginären Hut und dreht ab.

Samt Rollstuhl.

Um der Leere zu entfliehen, die er hinterlässt, fädele ich mich schnell in die tanzende Menge ein – um nicht nur peilo dazustehen, als hätte man mich an den Füßen festgetackert.

Trotzdem fühle ich mich wie ein Fremdkörper. Blockiert. Überfordert von der Flut aus Eindrücken. Heillos überfordert.

Von der Vielfalt an Leuten, die sich in ihrer ungezügelten Ausgelassenheit tatsächlich völlig im Moment zu verlieren scheinen.

Von den Temperaturen.

Der Hitze.

Dem überlauten Mix aus elektronischen Beats und extravaganten Melodienhäppchen, der durch den Saal schallt, wummernd den Boden in Schwingung versetzt. Ich versuche, mich vom dem Takt finden zu lassen, aber er findet mich nicht.

Ich wühle nach der blauen Pille in meiner Hose.

Ich schaue sie einen kurzen Moment an: Sie liegt in meiner Hand wie ein Edelstein. Dann lege ich sie auf die Zunge und schlucke sie trocken runter.

Ich betrachte meine Arme. Sie hängen seltsam schwer an meinen Seiten, als gehörten sie mir nicht. Meine Beine wollen sich bewegen, ich lasse es zu. Ein kleiner Schritt, ein winziger Impuls, wie ein Zucken.

Mitmachen, aktiv werden, sage ich mir im Inneren vor.

Verirrte Ellbogen, fehlplatzierte Knie erwischen mich.

Egal.

Ich tanze.

Der Bass fordert mehr. Mein Körper beginnt sich zu lockern, die Schwere in den Gliedern weicht Stück für Stück.

Die Hüften schwingen, fast rhythmisch. Es fühlt sich gut an. Die Menschen um mich herum werden zu Schemen, verschwimmen durch die flatternden Lichter.
Die lärmende Musik hat keinen Text.
Blanka. Höre ich trotzdem aus den Klängen heraus.
Blanka.
Ich tanze.
Tanze, unerreichbar für die Welt. Und dann doch nicht so unerreichbar, wie ich denke. Hier, in diesem Saal, wo alle in dieser Sekunde um mich herum tanzen und wo sich genau an diesem Ort vor langer Zeit Menschen vor dem Krieg in Sicherheit gebracht haben, kommt mir plötzlich eine Erkenntnis.
Ich bin nicht allein, war es nie.
Ich tanze ...
Und auf einmal kapiere ich es, kapiere alles, kapiere auch, dass ich es bin, ich es vielleicht sogar die ganze Zeit war, der ihren Namen hervorbringt, ihn ruft, laut, immer lauter.
«BLAN-KA!»
Ich weiß nicht, ob es jemand hört, ob es im Lärm untergeht.
Ich schreie.
Schreie ihn raus. Will den Druck von der Brust kriegen. Es wenigstens versuchen. Bis sich alles roh im Hals anfühlt und die heisere Stimme bricht.
Die kahlen Wände rund um die Tanzfläche scheinen auf einmal näher zu rücken. Ich presse beide Hände fest auf den Kopf. Als würde mir sonst die Schädeldecke wegfliegen.
Das plötzlich aufspritzende Licht blendet.
Jemand stürmt mir entgegen: «Achtung, letzter Club vor der Hölle. Ehre die Tanzfläche!» Es ist Lukas.

Gefolgt von Cleo und Armin.

«Fick dich!», brüllt mich Armin glücklich an.

«Alter, wenn das nicht wirklich die Nacht der Nächte ist!», schreit Cleo. Lukas schüttelt mich völlig ausgelassen an den Schultern durch, zwickt mir in die Wange, drückt seine feuchte Stirn gegen meine feuchte Stirn. Cleo und Armin zwingen mich und Lukas mit Umarmungen in einen Kreis.

Sie hüpfen und hüpfen.

SCHNÜRSENKEL

Und dann kommt durch das Gedränge jemand direkt auf uns zu. Mit einem Blick so klar, dass er alles durchdringt. Sie trägt das Bandana. Ich löse mich aus dem Kreis der anderen. Und dann umarmt sie mich: Blanka. Nicht nur einmal kurz, sondern fest und lang, als würde sie mich überhaupt nicht mehr loslassen wollen.

Schließlich tut sie es doch: «Ich soll dir ausrichten, es ist noch zu früh.»

Ein Schauder überläuft mich.

Lichtreflexe züngeln über ihr Gesicht, golden, weiß, schillernd.

«Wer lässt das ausrichten?»

Sie sagt: «Der Tod.»

Sie zieht mich an den Rand der Tanzfläche, weg von den anderen drei.

Mein Schnürsenkel ist offen, sehe ich, als wir eine Ecke gefunden haben, wo wir miteinander reden können. Damit

das klappt, reckt sie sich mir mit dem Oberkörper entgegen, ich halte den Kopf gesenkt. Ihr Mund ist sehr nah an meinem Gesicht beim Sprechen. Ihr Atem auf meiner Haut.
Es ist nicht leicht, sich hier, im Saal, überhaupt zu verständigen. Und ich verstehe auch nicht jedes einzelne Wort, aber ich erfahre trotzdem in groben Zügen, was sich in den letzten Stunden zugetragen hat.
Mit meinem Verschwinden nach den Diskussionen am Meer habe ich ihnen einen echten Schrecken eingejagt, erklärt Blanka.
Keine Antwort auf Nachrichten.
Keine Chance, mich zu erreichen.
Nicht nur Lukas immer kurz davor, in Tränen auszubrechen. Wegen des furchtbaren Gefühls, es womöglich völlig verbockt zu haben mit seinen Provokationen.
«Ihr habt gleich gewusst, wohin ich bin?», will ich wissen.
Blanka schüttelt den Kopf, Blanka nickt: «Wir haben dich in den Dünen gesucht, überall. Das fehlende Auto wars dann. Und ich Idiotin bin vorher nicht darauf gekommen, dass ich dir ja selbst den Schlüssel zugeworfen habe.»
Anschließend reimen sie sich schnell zusammen, wo sie mich wohl finden werden. Blanka ist sofort überzeugt, dass es nur der Bunker sein kann. Eine Zeitlang haben sie trotzdem noch gewartet, auf meine Rückkehr, gegen alle Wahrscheinlichkeit. Eine zermürbende Warterei. Und schließlich sind sie los. Mir nach. In Armins muffiger, klappriger Karre, alle vier.
«Ich habe dein Auto zu Schrott gefahren», gestehe ich.
Das scheint Blanka nicht groß zu schocken. Sie geht darüber beinah wortlos hinweg. Einen Platz hätten sie für

mich auf dem Rückweg noch frei, wenn wir mit dem Feiern durch sind, aber das hätte auch noch einen Moment Zeit.

Blanka streicht sanft über meinen Arm. Immerhin würde sie mir ja auch noch den versprochenen Dank schulden, sagt sie, das gemeinsame Tanzen.

«Bist du froh?», sage ich.

«Was ist das für eine dumme Frage? Mach so was ja nicht wieder!»

«Keine Sorge. Es gibt nur eine letzte Nacht.»

Ihre Augen blitzen mich an. Ich bücke mich schnell, binde mir die Schuhe. Sie will danach auf der Stelle raus aus dem Saal, will, dass ich mit ihr mitkomme. Wieder zerrt sie mich weg.

GRAFFITI

Blanka geht vor mir. Sie streckt den Arm nach hinten, zieht mich am Handgelenk hinter sich her wie eine Kindergärtnerin ein ungezogenes Kind.

Wir landen in einem ruhigeren, dämmrigen Raum. In kleinen Grüppchen stehen Leute zusammen, haben sich Getränke organisiert, erholen sich, schöpfen Luft. Jemand schläft sogar friedlich auf einem Lager aus Polstern und Holzpaletten. Die Wände sind mit Graffiti besprüht, Spuren von vergangenen Nächten, Nächten, die sich nicht mehr nacherzählen lassen.

Aber was lässt sich überhaupt gut nacherzählen?

Als ich versuche, einfach nur einen stark gerafften Überblick von meinen Erlebnissen zu geben, merke ich, wie schwierig das ist. Ich werde Blanka vom Unfall und von Bruno, Kim, Lenny und Christina erzählen. In nur ein paar Minuten. Es würde Stunden dauern, würde ich es richtig machen wollen, und selbst dann würden Details verloren gehen, Lücken bleiben.

Blanka wird nicken.

Die warme Handfläche, die noch immer gegen meine drückt.

Beim Erzählen wird mir aufgehen, dass alle, denen ich begegnet bin, mir in schwachen Momenten begegnet sind. Dass sie alle etwas gebraucht haben, um sich von ihren Problemen abzulenken, um sich wenigstens vorübergehend von sich selbst zu befreien, Drogen, Rollenspiel, Geld, Macht, dass sie alle unglücklich waren.

Blanka wird den Kopf schütteln. Sie wird das Gute sehen. Dass sie alle Nähe gesucht und angeboten haben, dass sie alle daran geglaubt haben, dass es sich lohnt, offen und neugierig zu sein, zu hoffen.

«Die Welt ist so merkwürdig, hässlich, lächerlich, Blanka. Und ohne dich wird sie unerträglich sein.»

«Das ist dein Fazit? Was redest du da nur?»

Was rede ich da nur? «Dein Leben steht auf der Kippe, und du wolltest mit mir nie darüber sprechen», sage ich. «Das Gleiche fordere ich jetzt auch. Tanzen wir.» Ich fange an mich zu bewegen, in den Schultern, in den Knien, ein bisschen peilo, aber das ist nicht schlimm.

«Ich will keinen Abschiedstanz», sagt sie.

«Dann geh jetzt besser», sage ich. Sage auch noch: «Verzeih mir.» Und trete mit erhobenen Händen zurück.

«Was soll ich dir verzeihen?»

«Geh jetzt», sage ich noch einmal, leiser. Spüre die Worte

aber deutlich hinter der Kehle. «Geh einfach. Und werde wieder gesund, bitte.»

«Du schuldest mir das», sagt sie. «Egal, was kommt, du musst dein Leben leben. Das verlange ich von dir.»

«Vielleicht wäre ich als Erwachsener wieder viel zu gut …»

BANDANA

Sie streicht mir mit den Fingern durchs Haar: So sieht also panische Angst aus. Werde ich denken. Und sie wird nicht gehen wollen, also gehe ich. Lasse sie einfach stehen. Mit ihrem tränennassen Gesicht.

«Das gilt nicht!» Sie holt mich ein, packt meinen Oberarm.

«Das tut weh», sage ich.

«Du willst mich im Stich lassen. Angeblich, weil du die Welt merkwürdig findest, hässlich und lächerlich? Und andere Menschen lehnst du ab, habe ich Recht? Weil sie dir schwach erscheinen, fehlerhaft.»

Sie drückt noch einmal etwas fester zu, verstärkt ihren Griff.

Ich sage nichts deswegen.

Dann lässt sie los.

Ich mache eine große Geste mit den Händen: «Wir wollen alle so viel – und dann? Dann bekommen wir es doch nicht hin, scheitern kläglich. Die Welt ist eine einzige Enttäuschung.»

«Du stellst ziemlich hohe Ansprüche, K. Aber in Wahr-

heit geht es gar nicht um die Welt, die ist dir doch völlig egal. Dich selbst findest du lächerlich und merkwürdig. Dich wurmt, dass man sich auf das Leben nicht vorbereiten kann wie auf einen Scheißvokabeltest. Das macht dich krank. Du bist krank.»
Das sitzt.
«Bin ich das? Bin ich krank?» Ich schlucke trocken. «Ich weiß ja nicht mal, wer ich bin. Selbst wenn ich nicht high wäre, wüsste ich das nicht. Das ist mir mehr als einmal gespiegelt worden in den letzten Stunden.» Mir kommt ein Gedanke. «Ich habe mich oft gefragt, warum du ausgedachte Geschichten so liebst. Dabei liegts auf der Hand: Es gibt weniger von diesen beschissenen Zufällen in einer Geschichte als im richtigen Leben. Du könntest mich auch einfach erfunden haben, Blanka.»
«Was soll das?!»
Ich zucke mit den Schultern: «Wie du auch meinen Spitznamen erfunden hast. Würde das nicht gut passen? K. wie Kopfgeburt. Wie Kunstfigur. Wie Kaputtheit. Kummer. Kränkung. Kindheitserinnerung. Wie ... was weiß ich. Und, richtig witzig, du hättest mich durch die Nacht geschickt. Quasi als den Teil von dir, der korrigiert werden soll. Und mit wem hast du mich konfrontiert? Einer Kämpferin. Einem Künstler. Einer Kapitalistin. Einem Komiker. Vielleicht bin ich deine Krankheit?»
Blanka blinzelt mich einen Moment an, spielt auf Zeit und tut, als hätte sie mich nicht verstanden: «Was hätte ich davon, K.?»
«Kontrolle?»
«Das ist wirklich krank, K.»
«Ist es das? Vielleicht wolltest du dir ja mal vor Augen

führen, was noch kommt, was es kostet, wenn man in dieser kranken Welt weiter mitspielt? Welche Kapitel noch geschrieben werden müssen?»

Kann das sein?

Blanka und ich schauen uns tief in die Augen. Sie nimmt das Bandana ab, entblößt den geschorenen Schädel.

«Ich weiß nicht, was ich mit dir machen soll, K.» Sie hustet einmal in ihre Armbeuge. «Ich kenne dich seit Jahren und kenne dich in Wahrheit kein Stück. Vielleicht ist da ja nichts außer erstaunlich viel Leere in dir. Du bist ein verschlossener Mensch.»

Ich bin geschockt. «Das ist gemein», sage ich.

«Tut mir leid. Das war böse von mir, stimmt», sagt sie, «aber ich denke, es ist die Wahrheit. Oder nicht?»

«Das Gleiche könnte ich genauso über dich sagen», gebe ich zurück, «ich kenne dich auch nicht. Du tust so, als würdest du alles mit allen teilen, aber ist das nicht auch nur Fassade? Und was steckt dahinter?»

«Was immer dahintersteckt, es ist nichts Abgeschlossenes, K.», sagt sie. «Das letzte Kapitel wird irgendwann erst geschrieben sein. Meins. Deins. Seins. Ihrs. Unser aller», sagt sie.

«Unser aller», echoe ich. «Aber wann und von wem? Ja, von wem, Blanka? Wer denkt sich das alles aus? Wenn du es nicht warst.»

Ich erhalte keine Antwort.

Sie fährt stattdessen die Linie meines Kinns ab, zeichnet sie nach.

Ihre Lippen öffnen sich. Die Zähne dahinter sind perfekt weiß.

Ein Schauder durchläuft mich. Es kostet mich ein paar Herzschläge, bis ich meinen Kopf neige. Ich falle rückwärts gegen die Wand.

Blanka macht einen Schritt hinterher, stellt sich auf Zehenspitzen, damit ihr Mund meinen erreicht. Alle Lichter werden plötzlich lebendig, sind Tierchen, aufgescheucht und unberechenbar, sie schwirren um mich und sie herum.

Ich schließe vorsichtshalber die Augen.

Kurz.

Für unendliche Zeit.

Ich atme tief. Aber es fällt mir schwer, genug Luft in die pumpenden Lungen zu bekommen. Dann, als es mir gelingt, öffne ich die Augen wieder.

Eine Träne löst sich aus Blankas Wimpern, fällt auf die Wange, wo sie eine blasse Spur hinterlässt. Ich kann nichts tun, außer zuschauen.

Ein Schmerz, der fest zwischen den Rippen sitzt.

Blanka ballt die Hand zur Faust, klopft damit dreimal gegen meine Stirn, mittig, knapp neben die Stelle mit der kleinen Verletzung am Haaransatz vom Unfall: «Wer an den Gedanken stirbt, hat nie gelebt.»

«Ist das ein Zitat?»

«Das ist von mir», sagt sie, «und ich verrate dir noch etwas: Du hast Recht. Uns allen fehlt es an Liebe.» Kurze Pause. «Ja», sagt sie gedehnt, «Ich brauche dich, K. Wie sonst sollte ich das aushalten? Ich werde sterben, K. Als mir das klar wurde, brauchte ich ganz dringend einen Kameraden in meiner Nähe, der mich versteht, der immer da ist. Zumindest in meiner Fantasie. Jemand, der schlau ist, der gut lernt. Der mir Kraft gibt, der sich ein bisschen in mich verliebt. Und dann hast du dich verselbstständigt.»

«Vielleicht ist es gar nicht gut, wenn wir wissen, wer wir sind», sage ich.

Und dann geht alles sehr schnell. Wie das Zittern einer Seifenblase vor dem Platzen, wie das Platzen selbst. Ich kehre zurück in den Saal, finde Lücken im Gedränge zwischen den Leuten, verschaffe mir Durchlass.

Ich werde weit nach vorne geschoben.

Auf der DJ-Kanzel hüpfen ein paar Paradiesvögel ekstatisch hinter der jungen Frau mit den Kopfhörern herum, sie schiebt an den Reglern.

Ich spüre etwas, für das ich keine Worte habe. Es faucht mir entgegen wie das Feuer aus einem Flammenwerfer: Mir ist, als könnte ich mir selbst zuschauen. Ich sehe mir zu, als wäre die Gegenwart längst vergangen und zugleich noch gar nicht wirklich geschehen. Es ist wie in diesem Aufzug vorhin, es ist, als ob ich zusammen mit allen anderen im Saal in einem Zeitloch schweben würde, ohne Anfang, ohne Ende. Und ich gucke mir, gucke uns allen zu. Hier und jetzt, morgen und woanders, überall und immer.

BENGALO

Ich werde tanzen und im Geist sehen, wie Kim, Kampfmontur und Stahlhelm, während einer Patrouille im Wald, die sie für einen Kameraden übernommen hat, in eine Sprengfalle tritt und um ihr Leben ringt. Im Krankenhaus wird sie auf ihrem Telefon die Bilder und das Video von sich und mir betrachten, wie wir ein Plüscheinhorn mit Sonnenbrille umarmen und alberne Fratzen schneiden. Sie wird eine Auszeichnung vom Staat für ihre Tapferkeit erhalten und im Publikum ihren Vater sehen, in der ersten Reihe, stolz und gerührt. Ich werde tanzen und sehen, wie Lenny an der Schauspielschule einen der Dialoge spielt, den er mit mir in Ernies Küche geführt hat. Er wird mich spielen, und die Rolle so überzeugend verkörpern, dass ihm alle am Ende enthusiastisch applaudieren. In der Sekunde wird es ihm egal sein, ob ihm der Durchbruch noch gelingt oder nicht, weil er weiß, dass er sein Handwerk beherrscht. Ich werde tanzen und sehen, wie Christina nach Hause kommt, in der dunklen Wohnung eine Plastikrose in eine Vase stellt und sich dann im Businesskostümchen zu ihren Kindern ins Bett legt, wie die Kleinen sich an ihre Mutter kuscheln, junge Hände sich in Christinas Hände flechten. Sie wird so etwas wie Ohnmacht und zugleich mehr Verantwortung denn je empfinden, weil ihr aufgeht, dass diese beiden Menschen sich in diesem Moment in ihrer Nähe behütet fühlen. Sie wird dankbar und stolz wie nie sein, Geborgenheit spenden zu dürfen. Ich werde tanzen und sehen, wie Blanka in der Unibibliothek sitzt, wie sie liest und schreibt, sich eine Strähne ihrer nachwachsenden Haare aus der Stirn streicht, wie sie eines Tages dann wieder Bienenkorbfrisur trägt und einen Karton öffnet, mit Belegexemplaren ihres ersten Buches, das sie allen ihren Freunden aus der Schulzeit gewidmet hat. Ich werde tanzen und sehen, wie der Wagen mit mir am Steuer durch eine Baustelle auf der Autobahn rast, plötzlich aus der Spur gerät, ungebremst ins Dunkle schießt. Ich sehe so viele Dinge, dass mir schwindelig wird. Ich werde trotzdem nicht aufhören, werde mich weiter zur Musik bewegen, werde tanzen, bis der Morgen graut. Im Lärm und Getöse zwischen meterdicken Bunkerwänden.

Ich werde Blankas Körper berühren, werde noch einmal und immer wieder von ihr in der Erinnerung geküsst werden. Ich werde tanzen, mich selbst auf der Abschlussfahrt sehen, am Feuer, beim Diskutieren mit Lukas und den anderen: Was es hier denn jetzt genau zu feiern gäbe, den Beginn des Erwachsenseins? Und was wohl die Bedingungen wären, um wirklich einmal die Nacht der Nächte zu erleben? Ich werde, was folgt, diese eine, diese letzte Nacht wieder und wieder in meiner Erinnerung vor Augen haben. In einer Flut ungeordneter Bilder, als wild geschnittener Film. Ich werde tanzen und mich selbst sehen, wie ich tanze, Schweiß wird die Klamotten tränken, bis sie durchscheinend werden. Die Verausgabung. Meine Erschöpfung. Bis kurz vorm Umfallen, kurz vorm Würgen. Ich brauche Luft, werde ich japsen. Ich keuche, aber mein Atem ist nicht zu hören. Und ich erinnere mich an den Balkon, von dem Bruno gesprochen hat, werde durchs Labyrinth der Räume irren. Ich werde im Freien sein, wo die Menschen, wie im Saal, dicht an dicht versammelt sind, herumstehen bis hin zur Brüstung, einer massiven, einer hüfthohen Betonwand, abgesichert mit einer Konstruktion aus Netzen und Stacheldraht. Ich verletze mich an der Hand beim Klettern, reiße mir die Hose auf, kämpfe mich über die Hindernisse, bis ich auf dem Rand der Brüstung stehe, in schwindelnder Höhe. Ich werde das Bengalo entzünden, es in die Luft recken. Das Glück wird mir in die Nase kriechen. Nie habe ich mich gefragt, wie es wohl riecht. Stelle fest: Es riecht nicht nach Meersalz oder Gummibärchen, sondern nach rotem Rauch. Jedenfalls in diesem einen Augenblick.

FEDERN

Das Glück, der Rausch, der Moment, flüchtig wie alles. Und ohne größeres Gewicht. Ich werde hinter mich schauen: Die Lichter der Stadt, in der in dieser Sekunde so viele Schicksale gleichzeitig existieren. Darüber der Himmel, bereits aufgehellt von der nahen Dämmerung. Dahinter dann das All, riesig, ein Raum ohne Wände, ohne Begrenzung, und darin ist das meiste in Dunkelheit getaucht. Umgeben von so unfassbar viel Finsternis existieren wir. Für die Dauer von kosmisch unbedeutenden Zeiträumen, kürzer als ein Fünkchen, das hervorblitzt im Gestrudel der Ewigkeiten davor und danach.

Und was ist was?

Was ist das Davor, was das Danach?

Ich, balancierend am Abgrund, werde mit den Augen nach Blanka suchen und zuerst Bruno entdecken. Durch den Rauch, durch die rötlichen Schwaden des ausbrennenden Bengalos hindurch werden wir uns kurz in die Augen schauen können.

Ich werde blinzeln.

Wer ich bin, wird ein Rätsel bleiben, wird nie mit Händen zu greifen sein, anders als Schnürsenkel, die Flammen eines Lagerfeuers, ein Rucksack, ein Buch, anders als ein Schlüssel, den dir jemand zuwirft, anders als eine Straße, eine Baustelle, anders als ein Lenkrad, das nach rechts gerissen wird: Das Auto, Blankas Auto, wird sich überschlagen, und hell ausgeleuchtet wird die Dunkelheit auf mich zufliegen. Ich werde in sie hineinstarren, wie in eine übergroße Pupille. Es könnte die Pupille eines Engels sein, eines Engels von menschlicher Gestalt. Blanka wird neben Bruno auf dem Balkon auftauchen, und Bruno wird, kurz bevor die Welt und das Leben für mich zu einem winzigen Punkt schrumpfen, die Flügel verlieren, Gebilde aus Licht und Schatten, die flimmernd sich bewegen, als würde ein Luftzug sie streicheln. Und nur ich werde es sehen, wie die Flügel zerfallen, sich vom Rand her aufzulösen beginnen, wie die Federn, schneeweiß und weich, sich sanft in der Luft heben, jede einzeln – wie jede einzelne sich löst, wie sie so zusammen, als eine Art zarter Nebel, hinter dem Mann im Anzug, gemeinsam mit den letzten dünnen Schwaden des Bengalorauchs, von den Lüften hinfort gewirbelt werden, schneller und immer noch schneller, bis nichts mehr übrig ist ... und ich werde wissen, bevor ich mich dann ganz im Moment verliere und dem Sog überlasse, der mich aufwärts zieht: Nicht im Fallen, im Steigen wachsen einem, wenn überhaupt, Schwingen, die tragen. Es wird mir, wie dir, wie ihm, wie ihr, wie uns allen langsam dämmern: Der Engel der letzten Nacht, das war nicht Bruno, war nicht Blanka, niemand Unsichtbares, Überirdisches, auch keine Erscheinung, kein Wunschtraum, sondern das war wahrscheinlich ich, Kester, selbst – ich und ich allein.

HELLIGKEIT & LETZTES WORT

HELLIGKEIT

Bruno schiebt den Rollstuhl langsam durch die fast leere Straße, die Farben des Morgengrauens sickern in die Stadt, kühle Luft mischt sich mit den schalen Gerüchen der vergangenen Nacht.

Hinter der Tankstelle, im Schatten eines dichten Gebüsches, liegt der Obdachlose zusammengerollt in seinem Schlafsack, das lange weiße Haar lugt unter einer Wollmütze hervor. Er schnarcht.

Bruno stellt den Rollstuhl ab, zieht die Bremsen an, dann dreht er sich um und geht ohne ein Wort weiter.

Auf den Fußwegen der Reeperbahn schlurfen vereinzelte Gestalten vor sich hin, die letzten Geister der Nacht. Bruno steckt die Hände in die Taschen, nickt einem Passanten zu, dessen Augen glasig sind, und betritt einen Kiosk.

Er bestellt zwei Kaffee, der Verkäufer kennt ihn, reicht wortlos die dampfenden Becher über den Tresen. Durch die Pappe fühlt er die Wärme an den Fingern.

Auf dem Weg zu Ernie nippt Bruno einmal an dem einen dunklen Getränk. Er verbrennt sich die Lippen ein bisschen, während die Morgensonne die vom Wetter gegerbten Fassaden der Vergnügungsmeile in ein fast friedliches Licht taucht.

Ernie und Bruno erledigen das Geschäftliche in der Küche. Bruno legt von sich aus noch etwas drauf, weil Ernie sich so schnell um die Sache gekümmert hat. Sie empfiehlt Bruno im Gegenzug, nichts zu überstürzen und mehr UV-Licht. Sie bietet ihm an, ihr Heimsolarium mal auszuprobieren. Beim Abschied guckt sie ein wenig traurig. Sie steckt ihm noch, dass sie seinen schwarzen Humor mag, sein letztes Bühnenprogramm speziell habe ihr gut gefallen. Bruno bedankt sich. Abgesehen vom Spinnennetztattoo am Hals und dem wilden Aussehen erinnert sie ihn immer stark an seine Mutter.

Bruno geht am Hafen spazieren, die kalte Brise weht vom Wasser her, trägt den salzigen Geruch von Algen und Diesel mit sich. Er sieht den Schleppern und Barkassen zu, wie sie gemächlich das Wasser durchschneiden, hört das heisere Geschrei der Möwen. Immer auf der Suche nach etwas Essbarem, kreisen sie über den Wellen.

Er nimmt einen tiefen Atemzug, die frische Luft fühlt sich gut an. Einzelne Sonnenstrahlen brechen malerisch durch die Wolken und setzen die Kräne auf der anderen Flussseite hübsch in Szene. Kurz blinzelt Bruno gegen die Helligkeit an, ein leichtes Lächeln auf den Lippen.

Er ist allein auf dem Ponton.

Bruno greift in die ausgebeulte Tasche seines Anzugs und holt die Waffe hervor. Sie fühlt sich schwer an in seiner Hand. Er setzt sich auf einen Poller, sieht auf das schimmernde Wasser des Hafenbeckens hinunter.

Dann streckt er den Arm vor, lässt die Pistole los.

Mit einem Platschen verschwindet sie in der Tiefe. Bruno sieht zu, wie die kleinen Wellenringe sich ausbreiten, wie sich die Oberfläche nach und nach wieder glättet, als würde das Wasser verheilen.

Bruno erhebt sich und bleibt noch einen Moment stehen. Dann dreht er sich um und geht langsam zurück, denkt nebenher auch kurz einmal über ein neues Bühnenprogramm nach, vielleicht ja mit einem Partner zusammen, mit jemand anders im Gespann. Könnte ein Plan sein, findet er.

Die Möwen über ihm lassen dabei weiter laut ihr kreischendes Gelächter hören, der Wind pustet dem Fluss sanft flüsternd in die Wellen, eine U-Bahn rattert nicht weit weg aus dem überirdischen Bahnhof, an den Fischbuden werden bereits die ersten Werbeschilder für später aufgestellt, ein Pärchen schlendert händchenhaltend vorbei.

Bruno gähnt.

Die letzte Nacht war lang.

Aber die Stadt, die es ganz offenbar gar nicht erwarten kann, dass der ganze Wahnsinn erneut lostobt, erwacht bereits wieder zu Leben

LETZTES WORT

und

ANMERKUNGEN DES AUTORS

Gute Geschichten bieten mehr als nur eine Lesart. Umso wichtiger scheinen mir und dem Verlag der Hinweis: Der Roman und sein Ende erzählen davon, dass es Auswege gibt, wenn man sich allein nicht mehr zu helfen weiß. In jeder Begegnung mit anderen liegt die Chance, dass die gemeinsamen Erlebnisse und Gespräche wichtige Anstöße geben können, um den Lauf der Dinge positiv zu beeinflussen und Krisen zu bewältigen. Das Leben ist ein Geschenk, die Jugend kostbar, und wir können in den Augen anderer jederzeit, indem wir uns auf sie einlassen und sich ihnen öffnen, wie «rettende Engel» erscheinen.

HILFE

Wer sich in einer psychischen Krisensituation befindet oder sogar akute Selbstmordgedanken hat, die Telefonseelsorge in Deutschland ist rund um die Uhr erreichbar unter 0800 1110111 oder 0800 1110222, in Österreich unter 142 und in der Schweiz unter 143.

Weitere Informationen gibt es hier:

www.deutsche-depressionshilfe.de

www.telefonseelsorge.de

www.suizidprophylaxe.de